JN230431

あまのりゅうせい
天野隆盛
とりたまき
鳥田真希
はるかぜあい
春風亜衣

はなさき
花咲こころ
やまなし りんご
月見里林檎
#生徒会室　#日常

「早く出てけぇぇぇぇぇぇ！」

「……さすがにちょっと恥ずかしいかな」
#月見里家　#お泊り会

わわわっどうしよう！
すごく積極的なこと言われちゃった！
side.Kokoro

もうほんとなんなの！
いきなりそんなこと言われたら
動揺しちゃうじゃない！　バカ！
side.Ringo
#生徒会室　#告白？

ネット彼女だけど本気で好きになっちゃダメですか？
netokano

フォロー中

もくじ

ネット彼女だけど本気で好きになっちゃダメですか?

烏川さいか

MF文庫J

口絵・本文イラスト●シロガネヒナ

プロローグ

「えっと……どうして僕って縛られてるんだっけ……？」

「どうしてって天野、私の家に泊まりに来たからでしょ」

「そっか～。女子の家に泊まる時は普通縛られるよね～……ってなるかぁああい!!」

正面に立ち、虫けらに向けるような眼差しで僕を見下ろす少女に思いっきりツッコむ。

僕は今、手足をロープで縛られ、彼女の部屋のど真ん中に座らされていた。

ベッドや本棚、クローゼットなど、白と黄緑を基調とした女の子らしい清楚な部屋だ。

この空間に手足が縛られた男子というのはあまりにも異質である。

「もう、人の家でうるさいわね」

その少女は腕組みをし、心底迷惑そうに顔を歪めた。

彼女の名前は月見里林檎。明るい色の髪をボブカットにした人形のように整った顔立ちの、間違いなく十人いたら十人が認める美少女だ。淡い緑のTシャツに茶色のショートパンツ、黒タイツという格好で細い足が際立ちよく似合っている。

こんな美少女の部屋で縛られているといったら普通の男子であればよからぬ妄想を働かせることだろう。しかし、僕と林檎にはちょっとした因縁があり、中学校時代から顔を合わせれば喧嘩ばかりするほど不仲だ。そんなイベント期待すらできない。

仕方がなく僕は、この場にもう一人いる天使のような少女に助けを求めることにした。

「ねえ、花咲さん。頼むから助けてよ」

僕は林檎の後ろで若干戸惑いつつこちらを見つめていた少女に声を掛ける。

彼女は花咲こころ。ウェーブがかかった金色のセミロングヘアに、タレ目がちでおっとりとした雰囲気で、笑顔がとても似合う可愛らしい女の子だ。今は白いフリルブラウスにブルーチェックのキュロットと、ふんわりとした印象の彼女にぴったりの服装をしている。

僕に対して絶対零度の冷たさで当たる林檎とは対照的に、優しさの塊のような女の子だ。彼女ならこの窮地を救ってくれるかもしれない。

「え、だけど天野くんこういうことされて喜ぶって林檎ちゃんが……」

だが、どうやら花咲さんはおかしな誤解をしているようだった。

「そんなはずないって！　花咲さんになら喜んでだけど、林檎なんかにされて誰が——あいたっ！　縛った上に叩くことないじゃん！」

喋っている途中で頭に衝撃が走ったかと思えば、林檎がムスッとした顔で自分の右手を摩っていた。

「なんか無性に腹が立ったのよ」

口を尖らせてそう言うと、林檎はくるりと背を向けて部屋から出ていこうとした。最後にドアのところからこちらを見て、念を押すように言う。

「とにかく、私たちはお風呂に行ってくるから。何があっても覗かないでよ？」

「この状態でどうやって……第一、覗かれたくないなら交代で風呂に行けばいいのに」

「そしたら天野とこころが二人きりに……何でもないわっ！　ほら行くわよ、こころ」

林檎は頬を桃色に染めてそう言ったかと思うと、大股で風呂場へと向かっていった。

その姿を見送り、花咲さんが申し訳なさそうに僕の目の前にしゃがみ込む。

「ごめんね、天野くん。行ってくるね」

「謝るくらいなら解いてほしいなぁ」

「林檎ちゃんに禁止されてるから、ごめんね。でも、できるだけ早く戻ってくるから。あ、よかったらこれ食べてて。あーん」

花咲さんがポケットから飴玉を取り出し、僕の口へと運んでくれる。

「なんでこの状況で飴かは分からないけど、とりあえずもらっておくよ。ありがとう」

手を縛られている僕は、口を開けて飴を受け取ろうとする。

「あー……ん？」

しかし、その途中で彼女の手が止まった。

どうしたのだろう。焦らしプレイというやつだろうか。

「こういう……ンビって、可愛いよね」

「え?」

突然花咲さんは何やら怪しげな笑みを浮かべてぶつぶつと呟きだした。

「頑張って噛み付こうと這いずってくるんだけどノロノロで、でも時々ぴょんって飛び跳ねたりして……はぁあああどうしよっ！　撃ちたくなっちゃったっ！」

「いきなりどうしちゃったのぉおおお!?」

何かのタガが外れたかのように、鼻息を荒くした彼女が僕に襲い掛かってきた。

「こら、こころ！」

今にも花咲さんが僕の身体に覆いかぶさろうとしたところで、彼女は部屋に戻ってきた林檎によって首根っこを掴まれ、ぐいっと引っ張られた。

そのおかげでどうにか助かったようだ。

林檎はすぐに、猫を持ち上げるようにして掴んでいた手を放して花咲さんを解放してあげ、呆れの眼差しを僕らに向けた。

「まったく……目を離せばすぐにいちゃいちゃするんだから。今度こそ行くわよ」

そう言い残して部屋を去っていく。

「あはは、ごめんね、林檎ちゃん」

その後ろに、いつもの調子に戻った花咲さんもニコニコしながら続いていった。

「はあ、助かった……」

林檎との因縁や花咲さんの豹変の理由については、話すと長くなるからまたの機会にしよう。

それよりも今は、なぜ僕が林檎の部屋で縛られているか、である。

そもそも僕たちはただ同じ学校の生徒会に所属するだけの関係だった。それなのに、どうしてかこういう状況になってしまっている。

このすべての発端は、僕がＳＮＳ上だけの偽の恋人を作ってしまったことに繋がるだろう。

それはアカネという、優しくて明るいけれど、どこかミステリアスな少女のアカウント。

彼女との出会いが、この現状を招いたのだ。

❤第一話『#ネット恋愛　#同級生』

漆星【授業しゅーりょー(/・ω・)/　これから生徒会】

ゴールデンウィーク明け初日の放課後。

ざわざわと騒がしい二年B組の教室。そのど真ん中の席で、僕、天野隆盛は一人スマホを開いてSNSアプリ——ツインクラーに投稿をしていた。

ツインクラーとは、140字以内の短い文章を投稿できるSNSで、全世界で3億人以上が利用する最もメジャーなSNSの一つだ。文字だけでなく、画像や動画を投稿できたり、投票やニュースをまとめたりする機能など、その用途は幅広い。

そこでの僕のハンドルネームは漆星。中学校一年時、中二病真っ盛りの頃に作ったアカウントだ。今ではすっかりそれも卒業して、ほぼネットの友人とアニメやゲームの話をするためだけのツールとなっているものの、当初はイキリ中二な投稿ばかりをしていたため黒歴史の塊ともいえる。だから、何としても学校の友人に見られるわけにはいかない代物だ。

そういうわけでこれは、リアルの知り合いが誰もフォローしていない、いわゆる裏アカというやつである。

「天野～！」

僕の背中にトンと何者かに叩かれた衝撃が走る。大した威力はなかったのだが、ツインクラーに集中していたせいで驚いてスマホを落としそうになった。

「天野は今日も生徒会か。毎日真面目だなぁ」

そう言って後ろから僕を見下ろすようにして立っていたのは田辺という男子だった。スポーツ刈りで小麦色の肌の彼はサッカー部に所属するバリバリの体育会系だ。インドア派の僕との接点は一見無いが、一年の頃から同じクラスということもあり一緒につるむことが多い。バカなことばかり言うけれどすごくいいやつである。

僕は慌ててスマホの画面を暗くしつつ、そんな田辺を見上げて言う。

「田辺の方こそ毎日部活じゃん。このゴールデンウィークだってずっと部活だったんでしょ。大変だねー」

「オレは好きなことやってるからいいんだよ。青春の1ページなんだから」

「はいはい」

そこへもう一人の僕の友人が割って入ってくる。

「なんの話をしてるんだ、二人とも」

それは小林という男子だった。眼鏡をかけて女子のように肌が白い彼は、僕と同じで部活には所属しないが、その代わりにほぼ毎日のように塾に通っている。彼も一年の時からのクラスメイトで、やはり一緒にいることが多い友人だ。僕や田辺なんかよりも遥かに勉強ができるちょっとクールな努力家である。

この二人とはクラスでの立ち位置が同じような気がして、一緒にいて心地がいいのだ。

小林に肩を組み、田辺がふざけたような口調で言う。

「青春について語り合ってんだよ」

「なんだそれ」

小林は意味が分からないと言わんばかりの顔で眼鏡をくいっと上げた。

「そんなバカな話ばっかしてないで、明日は小テストあるらしいから対策しとけよー」

「うをわぁあああマジか！」

田辺は肩を組むのをやめ、この世の終わりといった絶望の表情で頭を抱えた。

「ノートの写真送って！　頼む小林！」

「自分でなんとかしろ」

拝み倒す田辺を小林は呆れたような目で見て、僕に笑いかける。

「天野は困ったら何でも言ってくれ。分からない問題があったら何でも聞いていいぞ」

「サンキュ、小林」

「えぇええぇえなんだよ、この扱いの差っ！」

田辺は不満そうに吠えていた。

このいつものやり取りを見ていると落ち着く。やっぱりこのメンバーが最高だな。

ふとそこで小林が、自分の腕時計を確認すると慌てる素振りを見せる。

「おっと、やば。今日はちょっと寄るとこがあるからもう帰るわ。じゃあな天野、田辺」

僕たちが別れの挨拶をすると、小林は田辺の腕を解いて早足で教室を後にした。

「田辺ー、部活行くぞー！」

ちょうどそこへ教室の入り口から隣のクラスの生徒が声を掛けてきた。

「先行っててくれー」

田辺はそう答えて僕に向き直る。

「お前も青春しろよ。せっかくあの生徒会にいるんだかんな」

田辺はそれだけ言い残すと教室を出ていった。

それにしても青春、か。そう言われてもあまりピンとこない。必要性すら感じない。僕は田辺や小林とだらだら過ごせればそれで十分だ。

まあ確かに、田辺の言う通り〝あの生徒会〟にいるのなら青春しなくてはもったいないのかもしれない。僕だってできるならしたいくらいだ。けれど、あの環境で青春をするのは僕にとって難易度が高い。あの完璧なメンバーばかりの生徒会では。

何げなく時計を見れば、生徒会の時間まであと少し。今から行けばちょうどいいくらいだ。

僕はスクールバッグを持って席を立ち、生徒会室へと足を向ける。多くの生徒たちが部活動へ行く中、僕は隣の校舎まで移動し、生徒会室の扉を開けた。

「お疲れさまーっす」

生徒会室に入ると、窓際にいた黒髪ロングの少女が振り向いて優しく微笑(ほほえ)んだ。

「おー、お疲れさま、天野(あまの)会計」

「どもです、鳥田(とりた)先輩」

三年生で生徒会長の鳥田真希(まき)先輩。紺色ブレザーの制服をお手本通りにかっちりと着こなす、真面目(まじめ)で綺麗(きれい)なお姉さん。モデル並みの体形に切れ長の目や厚い唇が魅力的で、全学年それぞれにファンクラブが存在するほどの人気がある。

しかし、意外にもその中身は無邪気で陽気な性格をしており、仕事を完璧以上にこなす能力や友人を何よりも大切にする温かさから、生徒や教師たちからの信頼が非常に厚い。

そんな彼女は裏で〝完璧なる女王(パーフェクトクイーン)〟なんて二つ名で呼ばれている。

「窓の外なんか眺めて何してるんですか、先輩？」

「ああ今ね、ちょっと窓際に立った時に下校中の子たちに手を振られて振り返したら、そこを通る生徒に次々に手を振られるようになって止まらなくなっちゃったんだよ」

会話をしながらも、鳥田先輩は楽しそうに窓から手を振っている。

まるで女王様みたいだ。けれどよくあることなので、今更この人気に驚くこともない。

「お勤めお疲れさまです」

僕は苦笑いで小さく敬礼をして、生徒会室の中へと進んだ。

生徒会室は普通の教室と比べてこぢんまりしている。入って右側に黒板とホワイトボードがあり、中央に机を合わせて島を作っている。僕がいつも座る席は、ドアから入って左奥の方だった。

僕は椅子（いす）を引きながら、隣に座って文庫本を読む眼鏡（めがね）をかけた女子生徒に挨拶（あいさつ）をする。

「お疲れ、春風（はるかぜ）さん」

「……おつかれさまです、せんぱい」

僅（わず）かに顔を傾けて一礼すると、また文庫本の世界へと戻っていく。隣にいる僕以外には聞こえないほど小さかったが、綺麗（きれい）に透き通ったソプラノボイスだった。僕は結構その声が好きだったりする。

そんな美声の持ち主は、一年生で生徒会書記を担当している春風亜衣（あい）さん。

物静かで口数の少ない彼女だが、一学年の間では何やら神秘的な存在として扱われていると聞く。銀髪のワンサイドアップに雪のように白い肌、鮮やかな青い瞳と、色素が薄くて可憐（かれん）な外見が彼女の儚（はかな）げで尊い雰囲気を強調しているに違いない。

そういえば、４月にこの生徒会に入ってきた当初は彼女のクラスメイトたちが同伴して、

〝春風さまに相応しい場所か〟見定めに来ていた。入学早々そんな人気を勝ち得てしまうほど、恐ろしいカリスマ性を秘めた後輩なのである。

　鳥田先輩のようなファンではなく、信者と呼ばれるような者たちがいる彼女の二つ名は〝白の救世主〟だ。

「おつかれさま、天野くん。はいどうぞ～」

　僕が椅子に腰を下ろして一息つくと、綿菓子のように甘い声とともに脇からティーカップが置かれた。そこにはお盆を携えた制服姿の女子生徒が屈託のない笑顔で立っている。

　僕と同じ二年生で生徒会庶務を務める花咲こころさん。

　小柄な体形の割に、ベスト越しにも分かる豊満な胸。ふわふわウェーブの金色セミロングヘアには両サイドに華やかなリボンを着け、タレ目がちでいつも眠そうな顔をしている。

「お疲れ、花咲さん。いつも悪いね」

「うふふ、今日はね、ちょっといい香りのお茶を持ってきちゃったの」

「ほんとだ、すごくいい香り……ってあれ、全然匂いしないんだけど」

「あ、これお湯だっ!?　ごめんね、ポットにお茶っ葉入れるの忘れてたみたいっ！　すぐに取り換えてくるね……あっ！」

　花咲さんにカップを渡す際、波が立って僕の太腿の辺りにお湯の雫が飛んだ。

「だ、大丈夫天野くん!?　火傷とかしてないっ？」

「うん、大丈夫だよ。そんなに熱くなかったし、ちょっとだけだったから」

「ほんとに熱くない？　ふーふー」

「え、あの、花咲（はなさき）さん……おうんっ」

　花咲さんが膝をついて僕の太腿（ふともも）に手を乗せ、雫（しずく）が落ちた個所（かしょ）を息で冷やそうとしてくれた。きっと純粋に僕が火傷（やけど）をしないか心配してくれての行動なのだろう。

　でも際どいところに息を吹きかけられて、反応しちゃいけないところが反応してしまいそうなんだけど！

　その上、ハンカチを使ってポンポンと太腿を軽く叩（たた）いてくるし。もう本当にどうかなってしまいそうだ。

「……ほえ？　どうしたの、天野（あまの）くん？」

「いや、あのね……き、気持ちはありがたいんだけど、ちょっと離れてもらっていい？」

「え……あ、わぁああ!?　ご、ごご、ごめんねっ！」

　花咲さんも今の体勢のやばさに気が付き、大慌てで僕から離れた。

「ううん、全然いいんだよ！」

　むしろ、僕ら二人きりの状況だったらいくらでもお願いしたいくらいだった。

　しかし、健全たるべき生徒会室で、僕のあれが反応してしまうのは大変よろしくない。

「お、お茶入れ直してくるね！」

花咲さんがあわあわとティーカップを持って、隅の冷蔵庫やポットの置かれたスペースへと駆けていった。

ああ、今日の花咲さんも可愛いな。天使だ。

花咲さんは少々どころではなく天然だが、誰にでも優しく接し、どんな人の心でも解きほぐしてしまう不思議な力を持っている。そのため、学校中ほとんどの者と彼女は友達だ。男女関係なく人気の高い子なのである。

そんな彼女にも二つ名がある。〝笑顔の天使〟。まさにその名がぴったりの子だ。

ちなみに花咲さんは僕にとっては恩人でもあるのだが、その話はまた今度にしよう。

花咲さんは僕にとってアイドルのような存在だ。遠くて、とてもじゃないけれど手が届かない尊い存在。けれど彼女がいるおかげで毎日の学校生活に潤いを感じ、生徒会室に足を運ぶ理由にもなっているのである。

ところが花咲さんの癒しに浸っていた僕を、冷たい声音が現実に引きずり戻す。

「今日も遅かったわね、天野」

「別に遅刻じゃないから」

「でも一番遅く来たのは確かでしょ。それなのに、こころとイチャイチャデレデレして……まったく、会計は気楽で羨ましいわ」

僕の正面に座る女子生徒がムスッとした顔で肩を竦めてそう言った。

別にイチャイチャもデレデレもしてたつもりはないんだけどな。

嫌味(いやみ)ばかり言う彼女の名前は月見里林檎(やまなしりんご)。僕や花咲(はなさき)さんと同じ二年生にもかかわらず、生徒会副会長という役職に就いていた。

艶(つや)やかな明るい色の髪をボブカットにしていて、大きな真ん丸の瞳が印象的な整った顔立ち。花咲さんを見た後だと胸が寂しく感じるが、それでも間違いなくこの生徒会一番の美少女だった。

なんでも、流行やらファッションに詳しいため多くの女子に人気があるのだとか。その反面、異性には冷たい態度で接するので、男子たちからは恐れられる存在となっていた。ちょっと変わった性癖のやつらは別だけど。

そんな林檎の二つ名は〝氷の姫(ツンドラプリンセス)〟。可愛(かわい)いが冷たい彼女そのものだ。

林檎とは中学校が同じで、その頃からちょっとしたことが原因で顔を合わせれば今みたいに喧嘩(けんか)ばかりする仲だった。念のためいっておくが、僕の方が下の名前で呼んでいるからと言って付き合っていたとかそういうわけではない。それだけは断言する。

僕は苛立(いらだ)つ心にブレーキを掛け、嫌味に嫌味を上乗せして返す。

「二年副会長さまはさぞかし偉いんですねー」

「なに、喧嘩売ってるの?」

「先に売ってきたのはそっちじゃんか」

おのれ林檎め、ちょっと外見がいいからって何を言ってもいいわけじゃないんだぞ！

今日という今日ははっきりと言ってやる。

お互いに席を立ち、争いはさらにヒートアップ。というところで、それを鎮める笑顔の天使が入ってきた。

「林檎ちゃんそれっ」

「えっうぐ」

突然花咲さんが林檎の口の中に何かを入れた。

不意を突かれた林檎はきょとんとしたままそれを咀嚼する。

「イライラした時は甘いもの！　チョコレートだよ」

そう言って花咲さんはパタパタと僕のところにも来て――

「天野くんもそれっ」

「はっんぐ」

――僕の口の中にもチョコレートを入れた。

って、ちょっと待って今林檎の口の中に入れた手で僕に……！　ねえなんかちょっと濡れてた気がするんだけど！

僕の動揺する気持ちを全く知らない花咲さんが天使のように微笑みかけてくる。

「どう、美味しい？」

「う、うん、美味しい」

「よかったぁ」

花咲さんは顔を綻ばせた。

あぁ花咲さんの笑顔可愛いなぁ。なんか今すごく動揺していた気がするけどなんでだっけ。まあいいや。何はともあれ、すっかり毒気を抜かれてしまった。さすがは花咲さんパワーというべきか。きっと林檎の方も同じ気持ちになっているだろう……ってあれ。

「はっいま、ちょっ……！」

林檎は真っ赤な顔で口をパクパクしてこっちを見ていた。

「鯉のモノマネ？」

「違うに決まってるでしょっ！」

林檎は裏返った声でツッコみ、その後ももごもごと何かを言っていた。

意味が分からないが、たぶんまだ怒ってるということなのだろう。しかし僕の方は花咲さんのおかげですっかり気が落ち着いた。もうこれ以上争う気は起こらない。

鳥田先輩がこちらを振り返り、グッと親指を突き立てて花咲さんにウィンクする。

「花咲庶務ナイス～！」

「えへへ～」

花咲さんは照れたように頭の後ろを掻いた。

鳥田先輩は手を叩いてこの場の全員に呼びかける。

「じゃあ、そろそろ生徒会始めるよ」

林檎はまだ納得いっていないようだったが、鳥田先輩に逆らうわけにもいかず、悔しそうに下唇を噛みつつも大人しく椅子に腰を下ろした。

林檎は鳥田先輩のことを強く慕っている。彼女が生徒会副会長に立候補したきっかけも鳥田先輩に憧れてだとか聞いたことがある。

速やかに各々が自分の席に着くと、まずは鳥田先輩が今日の活動内容を確認する。

「じゃあ今日は体育委員会から上がってきたクラスマッチの企画承認と生徒会質問箱に入っていた質問への回答を行っていきたいと思います」

なんだかんだありつつも、今日も生徒会の時間が始まった。

学校の中心人物ともいうべき女子生徒たちと僕の生徒会。

この中で僕だけが人気も二つ名もない。僕と彼女たちとでは学校での立ち位置が全く異なる。その居心地の悪さは、内申点目当てで入ったことを後悔させるには十分なものだった。しかし、花咲さんのおかげでもう少し続けてみようと思い、鳥田先輩や春風さんと話すのも楽しいのでこうしてなんとか今も生徒会に所属し続けているのである。

これでお分かりいただけただろうか——この生徒会で青春をすることの難しさが。

生徒会の女子メンバーは可愛(かわい)いし、一緒にいるのは楽しい。しかし、明るいところばかりを見ていたら目が眩(くら)んでしまう。それと同じで、自分以外の生徒会メンバーをすぐ近くでずっと見続けるというのはどうにも疲れるものがあった。

「はぁああクタクタだぁ……」

家に帰ってくるなり、自室のベッドにダイブイン。

本棚や学習机、クローゼットなど最低限の家具。本棚のほとんどはマンガとライトノベルが占め、壁にはゲームのポスターが貼ってあったりとごく普通のオタク部屋だ。

僕はベッドの上で仰向(あおむ)けになり、取り出したスマホを顔の前に持ってくる。

画面ロックを素早く解除し、一秒の間(ま)も空けずにツインクラーのアプリを起動する。

漆星(うるぼし)【きたくー(｀・ε・´)】

すると一分と経(た)たずに通知が来て、つい今しがたの投稿に対してコメントが寄せられていった。

【おつかー】【おかえりんこ】【おっつー!】

それぞれにありがとうのメッセージを返し終えると、面白い投稿を見つけては〝いいね〟したり、〝リフレクト〟ボタンを押してフォロワーに拡散したりしていく。

他にも、フォロワーと前回のアニメの感想を語り合ったり、新しく出たゲームをやっている人がいたら感想を聞いたりなど大忙しだ。

僕はアニメや漫画が好きな、いわゆるオタク趣味をもっている。しかし、学校では同じ趣味の友人を見つけることができなかった。それでも良かったと思っている。学校では田辺(たなべ)や小林(こばやし)と楽しくやれているからそれで十分だ。

けれどやはり、本当に好きなことについて話ができるこの時間が楽しくて仕方ない。

ふとそこで、タイムラインの動きが鈍くなる。フォローしているユーザーが夕飯を食べたり風呂に入ったりする時間になったのだろう。僕はスマホで時間を確認する。

午後六時四〇分……まだ僕の夕食までは時間があるかな……。

僕はちょっと暇になり、久しぶりにもう一つのアカウントを覗(のぞ)いてみることにした。

アカウント切り替えボタンを押して、もう一つのアカウントにログインする。

それは中学生の頃から裏アカといっしょに使っていたアカウントで、本名を使いリアルの知り合い同士で繋(つな)がり合うための、いわゆるリアアカというものだ。

しかし、どうせ学校で会える友人たちとネットの中でまで絡むことはないと思い、ほとんど利用してこなかった。というか、リアルの友人たちに向けて何を投稿すればいいのか分からなかったのである。

「ちょっと田辺と小林のアカウント覗いてみるかな」

暇つぶしにどんなことを投稿しているのか見てみよう。そんな軽い気持ちだった。ちょうどタイムラインに田辺の投稿があった。二人とも僕なんかとは比べ物にならないほどの〝いいね〟やメッセージを貰っている。

田　辺【みゆきと付き合うことになりましたー！　#篠洲高サッカー部】

「え、は……っ!?」

あまりに脈絡のない一文に、僕は脳の処理が追い付かず何度も読み返してしまった。アカウントは確かに田辺のものだ。本文も読み間違いはない。だけどみゆきとは一体誰なんだ。付き合うってどういうことなんだ。投稿をさかのぼって見たところ、つまり田辺は部活のマネージャーである後輩との仲を深め、付き合うまでに至ったようである。

ショックを受けているところへ、タイムラインでもう一つ投稿が更新された。

小　林【塾へ行く前に彼女と食べたパンケーキ】

「彼女と……パンケーキ……っ⁉」

それは画像付き投稿だった。彼女と思われる相手の首から下の写真。制服姿で、二種類のパンケーキを前にピースをしている。

なんだこのキラキラした写真は⁉　羨(うらや)まし……じゃなくて小林に彼女がいたなんて！

そういえば今日はいつもより早く帰った気がしたけど、このためだったんだ。

そもそも二人がこんなことになっていたなんて知らなかった。いや、二人の過去投稿を見る限りつい最近のことらしいから、会話に上らなかっただけだろう。

「それにしても、よかったなぁ二人とも。これで晴れてリア充の仲間入りかぁ」

僕は二人にそれぞれ『おめでとう』のメッセージを送った。

友人に彼女ができたのは妬(ねた)ましいが、それと同時にやっぱり嬉(うれ)しかった。どうか末永く幸せになってほしい。

「ん、待って……」

なに能天気に祝福しているんだ。喜んでなんていられないぞ。

いつも一緒につるんでいる仲間が二人ともリア充になった。つまり、学校での立ち位置が変化してしまうということだ。

二人がデートに行けば、自分一人だけが取り残される。これまで通り休みの日に遊ぶことも無くなってしまう。そうしたら完璧なぼっちだ。

そう思うと、急に何だか置いて行かれたような気分になってきた。行き場のない焦燥感にかられる。

どうしよう、どうしたらいいんだ。今すぐにでもリア充になる方法はないか。

試しに〝リア充になるためには〟で検索してみたが、ナンパをしてみるとか人脈を広げるとか、解法のない解答しか出てこない。それができたら苦労しないんだって。

スマホをベッドに放り出した。明日からの学校が急に憂鬱になってきたのである。

二人はもっと輝かしい存在になり、僕だけが一人。しかし、実際彼らはその分だけ頑張ってきたのだと思う。田辺はスポーツで、小林は勉強で、それぞれ努力してきたのだ。

僕はその間何をしていた。ずっとSNSの中に閉じこもっていただけじゃないのか。

そんな僕がリア充になる資格なんて……いや、待て。

「ぼ、僕だってっ！」

僕は彼らとは違いずっとSNSの中にいた。そこでみんなと仲良くなる方法を考え、人脈を広げてきたのだ。ならばSNSの中で彼女を探せば案外簡単に見つかるのではないか。そうすれば彼らと立ち位置がずれることはなくなるはず。そうとなればさっそく行動だ。

僕はスマホを手に取り、ある内容の投稿文を打つ。

「よし、こんなもんかな」

【彼女募集!!　ネットでだけ恋人関係になってくれる子大募集！　返信はDMで！】

どこぞの出会い厨みたいな内容だが四の五の言っていられない。よし、さっそく投稿だ。

しかし、投稿する寸前、僕の指が止まった。

これで返信くるのかな……？　そもそも返信してくれる子が現れなかったら、イタズラメッセージだけ来たら、もっとみじめな気持ちになるような気が……。

いやそうじゃない！　もし恋人になってくれる子が現れちゃったらどうする？　ネットの中だけとはいえ本当に恋人になるのか。そんな誰でもいいような恋愛でいいのか？

気が付くと僕は画面に映る『×』を連打していた。書き直しだ、書き直し。

別に、志願者が現れる自信がなかったわけじゃない。そういうことにしてほしい。

「よし、これでどうかな」

漆星　【急募!!　彼女のふりをしてくれる人！　リア友たちをぎゃふんと言わせたいので、SNSの中でだけ誰か僕と恋人のふりをしてください。もうほんとよろしくお願いします……！】

「わぁ、我ながら必死さがすごい……」

読み返してて悲しい気持ちになるくらいだ。しかし、このままこれからの学校生活を孤独に過ごさないためにも、なりふり構っていられない。

僕はいつもより力を込めて先の文面を投稿した。するとすぐに冷やかしのメッセージが投稿に付けられていく。今の今まで全く姿を見せていなかった人まで面白がって寄ってきたみたいだ。

よく絡んでいる人にだけ返信したところで、母親に夕食に呼ばれた。僕は一度スマホを学習机に置いて、夕食と風呂を済ませてくる。

そして再び部屋に戻ってくるとすぐさまスマホを開いた。

「うわぁ……」

なんともびっくり。ツインクラーの通知が二〇件以上になっていた。

その全部が冷やかしのメッセージや拡散、〝いいね〟だった。

だがその中に別の通知を発見。一件だけＤＭ（ダイレクトメッセージ）が来ていたようだ。

見知った仲間の名前が並ぶ一番上に、覚えのない名前があった。

これもきっと冷やかしに違いない。そう思いながらも僕はＤＭを開いてみる。

アカネ《こんにちは！　投稿拝見しました！》

《なんだか面白そうですね。私で良ければ手伝わせてください》

画面から指を離して固まった。

これは、恋人のふりをしてくれるという解釈で間違いないのか。

いやそもそもアカネさんって誰だっただろうか。

DMとは、通常の投稿やメッセージとは違い、送った相手と自分にしか見えないメールのような機能である。そういった機能だけに、僕はFF関係（互いにフォローしあった人）しかダイレクトメッセージを送れないように設定していた。

だが、アカネさんの名前には全く覚えが無い。とりあえずアカウントを覗いてみよう。

僕はアカネさんのアイコンをタップし、彼女（彼？）のアカウントへと飛んだ。

ハート形の葉のようなアイコン。フォローもフォロワーも一〇人程度。設定してある生年月日を見ると、登録してあったのは年だけだったものの同い年だと分かった。投稿はほぼないが、一年くらい前にアカウントを作った形跡がある。となると、発信ではなく他人の投稿を見るためのアカウントだろう。

名前や言葉遣いからして女の子だと思うが、断定はできない。ネットの中にはちやほやされることが目的で女を演じるネカマというものが存在するからだ。

ここまできても、アカネさんをいつフォローしたのかさえ思い出せない。けれど僕にはこういうことは珍しいことではなかった。フォローもフォロワーも1000人以上いるせいで、あまり話さない相手はほとんど覚えていない。

「さて、と……どうしよう」

協力者を募っていたにもかかわらず、出たら出たで困ってしまった。
これがイタズラである可能性は捨てきれない。どうやってそれを確かめよう。

漆星（うるぼし）《まずはメッセージありがとうございます！》
《でも一つ質問させてください。どうして協力してくれるんですか？》
アカネ《一度こういうことしてみたかったんです。投稿を見たらなんかワクワクしちゃって（*^_^*）》
《あ、ひょっとしてイタズラと疑ってます？》
《大丈夫です！　これはイタズラではないので！》
《といっても、信じてもらえないかもですが……うーん、どうしたら信じてもらえるんでしょう（+_+）》

字面（じづら）からアカネさんとやらの焦って弁明する姿が想像でき、僕はくすりと笑ってしまった。まだほんのちょっとしかやり取りをしていないのに、どことなくアカネさんは悪い人ではない気がする。だからダメで元々という気持ちで信じてみようと思った。

漆星《いえ！　信じますよ！　えっと、よろしくお願いします！》

アカネ《あ、信じてくださるんですね！　こちらこそよろしくお願いします！(^^)!》
《でも、ぎゃふんって言わせるってことですが、具体的には何をするんですか？》

さっそく具体的な話をしてくるとは、どうやらアカネさんはノリノリのようだ。
さて、具体的に何をするかだが、ついさっきの田辺(たなべ)の投稿では報告をまずやっていたし、それでいいだろう。たぶん。

漆　星《まずはリアアカで報告かな。リアアカの方フォローしてもらってもいいですか？》
アカネ《わかりました！》

ここまできて僕は裏アカの〝恋人のふりをしてくれる人を募集する〟投稿を削除した。これ以上イタズラや冷やかしのメッセージが来るのが嫌だったし、何よりも下手にその投稿を残しておけば偽の恋人関係がどこかからバレてしまうかもと思ったのである。
それからアカネさんにリアアカをフォローしてもらったのを確認し、そのまま報告文を投稿する。

ＲＹＵ【とうとう僕にも彼女ができました～！　相手はこの子です↓　@アカネ】

けれども、何分経とうが日を跨ごうが、誰も何も反応をしてくれなかった。〝いいね〟の一つすらない。

久しぶりの投稿だったせいだろうか。それともみんなのタイムラインが賑やかすぎて見逃されてしまったのだろうか。なんにしても、こちらから確認をする術はない。

僕は不貞腐れるようにしてリアアカを閉じ、枕に顔を埋めると、いつの間にか眠りに落ちてしまったのだった。

◇◇◇

目が覚めると、体のあちこちが痛かった。変な体勢で寝てしまったせいだろう。

枕元に置いてあったスマホの電源を入れて時間を確認しようとするが、どんなにスイッチを押そうとも画面は暗いままだった。

やっちゃった……。昨日の夜、充電器に差すのを忘れてバッテリー切れのようだ。

こうなったら家を出るまでの間だけでも充電しよう。

すぐにスマホを充電器に差し、部屋の掛け時計を見る。

「うわっやばい」

いつも起きる時刻を三〇分も過ぎてしまっていた。

急いで着替え、学校へ行く支度をする。それからスマホを充電器から外すと、どうにか電源が入るまでには回復したらしい。本当はいけないが、あとは学校で充電させてもらおう。

スクールバッグの中にスマホと充電器を入れ、家を飛び出した。

駆け足だったおかげか、どうにかいつも登校している時間に学校へ到着。

まだ5月上旬といえども、走ればさすがに暑い。

僕は教室の自分の席に着くなりノートをうちわ代わりにして扇いだ。

と、そこへ声を掛けてくるショートカットの女子生徒が現れた。

「ねえ、天野君だよね？」

なぜにそこを疑問形。

ツッコミを入れたかったが、僕も彼女の名前はうろ覚えだ。確か、吉野さんだった気がする。吉野さんとは二年から同じクラスだし、覚えていなくて当然といえば当然かも。

というか、クラスメイトとはいえ女子が僕なんかに話しかけてくるなんてどうしたのだろう。いきなりのことに緊張してしまう。

吉野さんはニコッと笑顔を見せ、フレンドリーに訊いてくる。

「ひょっとして天野君、彼女できた？」

「……え、僕に？」

突然何を言い出すんだろう。この僕に彼女なんて全く心当たりが……いやちょっと待って。一つだけ心当たりがあったぞ。

僕は机の上に置きっぱなしのスクールバッグの中でスマホの電源を入れてみる。

「うおっ」

ロック画面に映し出されたデジタル時計。その下に大量の通知が来ていた。

それはすべて、アカネさんと付き合うことになったと報告した投稿に関するものだった。

つまりあれだ。僕とアカネさんの作戦は成功していたんだ！

僕は喜びを胸の内に仕舞いつつ、吉野さんに向き直る。

「あ、ああうん！　できたよっ！」

「じゃあやっぱ昨日のツインクラーでの報告はほんとだったんだ」

「そうほんと！　何もかもほんと！」

「じゃあさ、相手の子とはどうやって知り合ったの？　この学校の人？」

「えっと……」

恋の話に目を輝かせた吉野さんが前のめりになって訊いてきた。

女子に迫られ、図らずもドキッとしてしまう。

いや、それよりもまずいぞ。そのあたりのネタをまるで考えてなかったっ！

「よぉ天野！　吉野さんと話してるなんて珍しいな～」

どう答えようか困っていると、ぶつかるような勢いで肩を組んでくるやつが来た。

「お、おはよ田辺」

それは昨日、正真正銘、本当に彼女ができた田辺だった。心なしか今日のテンションは一際高いように感じられる。偽物の恋人しかできない僕とは違って羨ましい限りである。

ともかくナイスタイミングだ。田辺に話題をパスすれば話を逸らせられる。

「そ、そういえば田辺、彼女できたんだってね？」

「お前こそできただろ。昨日のツインク見たぞ」

一瞬で矛先が戻ってきた……。むしろ逃げ場を失ってしまった気さえする。

田辺は好奇心に満ちた表情で迫ってきた。距離が近い気持ち悪い。

「そんであのアカネちゃんって何者なんだ？　やっぱ生徒会の誰かか？」

「えっと……そんなわけないって。ただのネット恋愛だよ」

「だよなぁ。生徒会女子ってみんな人気者だし、お付き合いできるわけないよな」

僕は胸を撫でおろした。

よかった。すんなり信じてもらえたようだ。

とりあえずネット恋愛と言っておけば嘘がバレにくくなるだろう。

「そんでそんで、アカネちゃんってぶっちゃけ可愛いの？」

立て続けに田辺(たなべ)が訊(き)いてきた。その隣では吉野(よしの)さんも小さく頷(うなず)いて興味津々といった表情をして僕の言葉を待っている。

「あぁえ、うんっ！　めちゃくちゃ可愛(かわい)い！　画面の中の住人なんじゃないかってほど」

「ははは、お前らしいな」「惚気(のろけ)ちゃって～」

田辺と吉野さんがにやにや顔で口々に言った。

と、そこで一限目の予鈴が鳴った。

「あ、授業始まる。まあ、またあとでお互いの恋愛模様についてじっくり話しようぜ」

「私にもまた聞かせてねー」

田辺と吉野さんが自分の席へと戻っていった。

ひとまずは難を逃れたようである。

一限目の時間中にどうにかアカネさんとの恋人設定でも考えておかなきゃな。


「おつかれーっす……」

休み時間のたびに根掘(ねほ)り葉掘(はほ)り彼女のことについて訊かれつつもどうにか放課後を迎え、僕はいつも通り生徒会室にやってきた。

「お疲れさま、天野(あまの)会計。おやおやー、今日はいつもより疲れた顔してるぞ？」

窓際で下校する生徒たちに手を振っていた鳥田先輩が振り向き挨拶をしてくれた。しかし、相当僕の顔色が良くなかったのか、少し心配するような面持ちになる。

「いやまあ、色々ありまして」

今日は詮索されすぎて疲れた。これ以上体力を使いたくもないから、今のところは生徒会でアカネの存在は言わないようにしよう。

僕は誤魔化しながら自分の席に着く。

「……おつかれさまです、せんぱい」

高くて静かなソプラノボイス。隣に座って文庫本を読む春風さんが少しだけこちらに顔を向けていた。

「うん、お疲れ」

こちらが返すと、すぐにまた本の世界へと戻ってしまう。いつも通りの春風さんだ。

「今日も遅かったわね」

正面に座った林檎が嫌味っぽくそう言ってきた。こちらもいつも通りのようだ。

「だから遅刻じゃないでしょって」

「まったくあんたは――」

「ねえねえ天野くん！　彼女ができたってお話本当!?」

恒例のやり取りをしていると、林檎の言葉を遮って横から元気な声が割り込んできた。

その声の主は花咲さん。彼女はぱっちり二重の瞳を眩しいくらいに輝かせて迫ってくる。

僕は思わず立ち上がり、一歩下がった。

「え、ああうん。本当だよ」

「わぁあ！　おめでとう！」

「ちょっ花咲さん……っ!?」

花咲さんが僕の手を握ってきた。どうやら心から祝福してくれているようである。す、すごい。すべすべしてて温かいぞ。

花咲さんの手の感触を味わい胸の鼓動が自然と早くなりつつも、それを悟られないように平静を装う。

「え、えっと、ありがと。花咲さん」

パチパチパチと拍手の音が聞こえたかと思えば鳥田先輩だった。

「ほー、ついに天野会計も青春を謳歌するというわけかー。めでたいね」

「はあ」

くいくい、と服の裾が引っ張られ振り向くと、文庫本を机の上に置いた春風さんが椅子に座ったまま上目遣いで見てきていた。

「……おめでと、せんぱい」

「えっと、その、春風さんもありがとうね」

びっくりだ。まさかこんなに生徒会のみんなに祝ってもらえるなんて。

あまりに予想外のことにどう反応していいか分からない。けれど、学校でも中心になるような彼女たちに祝福してもらえたのは素直に言って嬉しかった。

「まったく彼女ができたくらいではしゃいでバカみたい」

しかし、そこに響いたのは、この場の温かい雰囲気をぶち壊す冷たい声。

前を向くと、林檎が頬杖を突いて心底どうでもよさそうにしていた。

さすがにカチンときて言い返す。

「じゃあ、そういう林檎にはいないの？　彼氏とか」

「う、うっさいっ！　天野には関係ないでしょっ！」

眉を吊り上げ赤面し、ガタンと椅子を鳴らして立ち上がった。

この反応はやっぱりいないということだろう。という僕の方も本当はいないんだけど。

「ねえねえ、彼女さんについてもっと訊いてもいい？」

おねだりするような甘い声とともに花咲さんが僕の腕を引っ張る。

花咲さんの可愛さに、一瞬で林檎に抱いていた苛立ちが消え失せた。

何でも話してあげたい気持ちになってしまう。

「ちょ、ちょっとこころ！　天野から離れなさいよっ！」

林檎がこっちを指差して慌てたような口調でそう言った。

花咲さんはきょとんと首を傾げる。

「え、どうして？」

「どうしてって、その……そうっ！　天野には彼女ができたんだから、変にベタベタ触ったら浮気だと誤解されちゃうでしょ！」

余計なことを林檎！　天使が離れていってしまうじゃないか！

「い、いや花咲さんはそんなこと気にしなくてもいいんだよ！　これまで通りでオールオッケー！　だから――」

必死の引き止めも虚しく、花咲さんは僕の腕を離して一歩遠退き、残念そうに笑った。

「あ、そっか……ごめんね、天野くん。これからは近付き過ぎないように気を付けるね」

それを見て、林檎がどこか安心したように息を吐いた。

くそぉ林檎め……僕が花咲さんを心の癒しとしていることに気付いていたに違いない。

恨むぞ林檎！　孫子の代まで呪ってやる！

……でもまあ、嘘を吐いた罰かな。

恋人のふりをしているという嘘がバレないためでもある。仕方がないが受け入れよう。

「さて君たち。そろそろ生徒会を始めようかな」

鳥田先輩のお決まりの台詞の後は、いつも通りに活動を終えて帰るだけだった。

帰り道。暗くなる寸前の住宅街を歩く。

「よし、ようやく一人になれた」

僕は吉報を一刻も早くアカネさんに伝えたくてツインクラーのDM（ダイレクトメッセージ）を開いた。

漆星（うるぼし）《アカネさんやりました！　学校で僕に彼女ができたって話題になって、みんなびっくりしてました！　大成功です！(@^^)》

アカネ《ほんとに？　すごい！　わあやったね、漆星さん！(#^^#)　ビグジョブ！》

数秒で既読がつき、すぐに返信がきた。

関係がないはずの僕の事情を、自分のことのように喜んでくれている。

アカネさんって、すごくいい人なんだろうな。

漆　星《ありがとう、アカネさんのおかげです！　ところでビグジョブって？》

アカネ《ゲームで流行（はや）ってる言葉で『グッジョブ』とか『大丈夫』『ナイス』っていう意味なんだ～。今度そのゲームいっしょにできたらいいな》

漆　星《あ、あぁああ！　ていうかタメ口ですみませんっ！》

漆　星《いえ、よかったらタメ口で！　あと『さん』はいらないよ。たぶん同い年だし》

アカネ《そ、そう？　じゃあ遠慮なく♪　あ、よかったらこっちも呼び捨てにしてね》

《それにしてもやったね！　リアルの人たちをぎゃふんって言わせられたんだね。よかったよかった～》

漆　星《それがいいことばかりでもなくてね……》

アカネ《うん？　何かあったの？》

僕の学校生活において最大の癒しである大天使花咲さんに、彼女ができたと思われて距離を置かれることとなってしまった。彼女と学校で触れ合える時間がなくなってしまったなんて、一体どうやって生きていけばいいいんだ。

でもまあ、このことをアカネに言ってもしょうがない。

漆　星《いや、こっちの話》

アカネ《そっか～。あ、あのね漆星くん》

《半ば目的は達成できちゃったわけだけど、これからも続けてくれるんだよね？》

続けてくれる、とはえらく消極的だ。まるでアカネの方がこの偽の恋人関係を続けたいと願っているようじゃないか。

漆星《それはこっちのセリフだよ！　もう少しこの関係に付き合ってくれる？》
アカネ《そっか。えへへ、ありがと。もちろん付き合うよ！》
漆　星《よかった！　ありがとう！　あ、じゃあさっそく、次は何を仕掛けよっか？》
アカネ《ふっふっふー！　実はそれについてはすでに今日学校で考えてたんだ～(*^_^*)》
漆　星《お、気合入ってるんだねｗ　じゃあさっそく話してもらおうかな》
アカネ《ぬふふ、お話ししましょ～(-ε-)》
《えっとね、通話しているふりをするのはどうかな？　お互いに相手の声がどうとか、寝息が聞こえてきたとかツインクラーで投稿するの》

なるほど、なるほど。確かに僕のＳＮＳの友人も、ネットで彼女ができた時にそんなようなことをやっていた。妬みのあまり、危うくその友人をブロックするところだったのを覚えている。付き合っているように見せるならばその策は効果的だろう。

漆　星《それいいね！　やってみよ！　えっと、ビグジョブ！》
アカネ《お、漆星くんもさっそく使えるようになってますな～(*^◁^*)》
《あ、えっとね、漆星くん》
漆　星《ん、なに？》

アカネ《わたし頼りないかもだけど、これからもよろしくね！》
漆　星《それはこっちのセリフだよ　笑》
　　《これからもよろしく！》

それからは毎日が充実していた。

恋人のように見せるためお互いにアイディアを出し合い、ラブラブなやり取りをみんなに見えるようにする。イタズラを仕掛けるようでずっとわくわくしっぱなしだった。

そして次第に恋人のふりをする以外にもやり取りを行うようになった。

普段の学校生活について話をしたり、趣味や好きなものについて話をしたり。すると嬉しいことに彼女もオタクで、偶然にも好きなアニメが一緒だと分かった。

5月下旬には中間テストがあったので、お互いに解けない問題を教え合いもした。別の学校だと思うのだが、授業が同じ進み具合だったようで助かった。その時に解答を書いたノートを撮影して送ってきてもらったが、丁寧で可愛らしい字だった。

ちなみに僕のテスト結果はあまり良くないものだったが、彼女は優しく慰めてくれた。

とにかく、アカネとの日々は本当に楽しいものだったのである。

やり取りをするうちに、いい加減アカネがイタズラ目的で近付いたのではないと確信できた。言葉遣いや雰囲気からしてたぶん女の子で間違いないと思うが、その他はほぼ不明。

リアルではどんな容姿をしていて、どんなところに住んでいて、どんな声をしているのだろう。そもそもどうして僕に協力してくれたのだろう。彼女の色々なことが知りたくて仕方なくなった。

しかし、所詮はネットだけの付き合いだ。変に踏み込めば嫌がられ、今の関係が壊れてしまうかもしれない。むしろ今は、このアカネとの時間を大切にしたかった。

けれども、楽しい時はいつまでも続かなかった。

◇◇◇

「おつかれーっす……てあれ、珍しい。一番乗りだ」

アカネと恋人のふりをするようになってから三週間と少しが経ち、6月に入った。その日の放課後は、僕が生徒会室に着いてもまだ誰も来ていなかった。

荷物もない。ということは、一度来てみんなでどこかへ行ったということはなさそうだ。各々、何かしらの理由があって遅れているのだろう。

「いつもいつも『遅かったわね～』なんて言ってる林檎の方が遅れてるじゃん」

僕は一人愚痴りながらいつもの席に座った。

外からは運動部の掛け声が聞こえ、校舎内からは吹奏楽部の練習の音色が響いてくる。

暇なので、ひとまずスマホを開いてみた。起動するのはもちろんツインクラーである。

だが、どうもタイムラインの動きが鈍い。まだみんな忙しい時間なのかも。

アカネはどうだろう。

念のため学校内ではアカネとのやり取りはしないよう心掛けていたのだが、誰もいないことだし、たぶん大丈夫だろう。

僕はアカネとのＤＭ（ダイレクトメッセージ）を開いた。

漆星（うるぼし）《これから生徒会～。アカネはもう学校終わったの？》

アカネもまだ忙しい時間なのか。深夜以外いつも返信が早い彼女にしては少し時間がかかって返事が来た。

アカネ《ううん、ごめんね。これからまだちょっとすることがあって》
《漆星くんも忙しいんだね》
漆　星《それが今暇でｗ　生徒会室にまだ誰も来てないんだ》
《あ、アカネは忙しかったよね。ごめん、続きはあとでやろ》
アカネ《ごめんね、本当に！　また今夜ね》

漆星《うん、また今夜、恋人のふりをする仕掛けを一緒に考えようね！》

「もしかして彼女さんとのメール？　あれ？」

「っ⁉」

僕はびっくりして椅子から転げ落ちそうになる。

いつの間にか真横に花咲さんがいて、僕のスマホを覗き込んでいたのだ。

しまった。見られた。まずい。全部見られた！

「だ、大丈夫っ？　天野くん、ごめんねびっくりさせちゃって！」

「いや、これはあの……」

花咲さんがあたふたと謝るが、僕はそれに構っていられなかった。

彼女には恐らくアカネとのやり取りを見られてしまったからだ。

スマホ画面にすっかり集中していたせいで、彼女が生徒会室に入ってきたこともこんなに近付かれていたことにも気付かなかった。いや、今はそれよりもどう誤魔化すかだ。

けれど、恋人のふりをする仕掛けを一緒に考えよう、としっかり書いてしまった。これではもう誤魔化しようがない。

いやむしろ花咲さんであれば、真実を打ち明けても、受け入れて黙っていてくれそうな感じがする。そうだ、優しくて思いやりのある花咲さんのことだ。そうに違いない。

「花咲さん、よく聞いてほしいんだ」

「は、はい」

僕が真っ直ぐに花咲さんの目を見つめて話すと、緊張がうつったのか彼女は気を付けをして改まったように返事した。

よし、言うぞ……言っちゃうぞ。

「花咲さん……実は、僕に恋人ができたのって嘘だったんだ」

「え」

花咲さんはフリーズしたように僕を見つめる。

あれ、意外にも小さな反応。聞こえなかったのだろうか。

もう一度言おうか迷い始めた時、花咲さんが唐突に大きな声を上げる。

「ええええええ!!　そうだったの!?　全然気付かなかったよっ！」

思わず耳を塞ぎたくなるような声だったが、それ以上に気になる発言があった。

「ん？　ちょっと待って。全然気付かなかったって？」

「あ、うん。天野くんって嘘うまいんだもん～」

「今僕のスマホ画面見たんじゃないの？」

「え、ううん見てないよ。だって天野くん、覗き防止のフィルム貼ってるんだもん。そういえばさっき、そのフィルムの模様可愛いねって言おうとしてたんだ」

花咲さんがにこにこと笑った。一方の僕は頭を抱え、心の中で叫ぶ。

やってしまったぁあああ！

勝手な勘違いをして自爆してしまった。しなくてもいい懺悔をわざわざしてしまったのだ。明らかな失敗である。

「でもどうしてそんなことしたの？　恋人がいる嘘だなんて」

ガックシとうなだれる僕に花咲さんが訊いてきた。

ちょっとカッコ悪いが、正直に言ってしまおう。

「あーほら、僕のまわりってやたらとリア充が多いじゃん」

「そうなの？」

「うん、そのみんなにぎゃふんって言わせたくて」

「あはは、天野くん面白いね」

「ははは……」

花咲さんは鈴を転がすような声で笑っていた。いつもならその笑顔を見るとこっちまで笑みがこぼれるのだが今日は違う。僕は自分の失態を悔いて力なく笑うのが限界だった。

「でもよかったぁ」

唐突に花咲さんが胸に手を当ててそう言ったので、僕はその理由を訊ねる。

「え、どうして？」

「だって彼女さんが嘘だったってことは、これまで通りに接してもいいってことでしょ？　天野くんの手をぎゅーって握っても浮気じゃないってことだよね？」

「あ、え、うん……そういうことっ！　これからはどんどん僕の手を握っていいんだよ！」

ちょっと予想外の事態になったが、これで笑顔の天使（スマイリーエンジェル）にまた癒（いや）してもらえることになるのだ。これならもっと早く彼女には話していてもよかったのかもしれない。

けれども、花咲さんの言い方だと、まるで僕とスキンシップを取りたいように聞こえるけれど、ひょっとして好意を寄せてくれていたりするのだろうか。いや、しかし彼女は天然でそう言っている可能性も捨てきれない……！　断定して考えるのはよそう。

　それはそうと、引かれるでも軽蔑されるでもなくてよかった。これならば、誰にも言わないように頼めば聞いてもらえるだろう。

　僕は本題を切り出す。

「それで悪いんだけど、このことは誰にも言わないでくれるかな？」

「うん、もちろんわたしは秘密にするよ」

「よかった……！」

さすがは花咲さん。二つ返事で了承してくれた。

けれどもちょっと引っかかる。嫌な予感がした。

「ねえ花咲さん。今、わたし〝は〟って言った……？」

「うん」

彼女の目が僕の背後に向けられ、僕は錆(さ)び付いたブリキ人形のような動きで振り返る。

夕陽(ゆうひ)が差し込む窓際。そこに佇(たたず)む少女がいた。

それは僕が今一番見たくなかった顔。最も知られたくなかった人物。

「り、林檎(りんご)……っ！」

中学校時代からの宿敵、月見里(やまなし)林檎だった。

林檎は見開いた目で僕を見つめている。驚いている、または焦っているともとれるような表情だ。

「いつからそこに……？」

「わたしが彼女さんですかって訊(き)いた時からずっとだよ」

戸惑う僕に、後ろの花咲(はなさき)さんが代わりに答えた。

というかそれって最初からいたってことじゃないか。

いよいよ大変なことになってしまった！

「た、頼む林檎っ！　このことは秘密にして！　してください！」

林檎に走り寄って懇願した。

この際プライドなんて関係ない。アカネとの秘密がみんなに広まってしまえば、リアルでもＳＮＳでも居場所を失ってしまう……！

「あ、あのね天野……黙って、だま、黙ってたんだけど」

ところがどうしたというのだろう。林檎の様子がおかしい。

考え込むような、あるいは困っているような顔をしていた。

「……だま……だ、黙っててあげるから私の言うことなんでも聞きなさいっ！」

林檎は頬を赤く染め、甲高い声でそう言い切った。

僕は口を開けたまま、頭の中で林檎の言葉を反芻する。

黙っててあげるかわりに言うことを聞けだって。

「……えーと、それはつまり、一つだけ何でも言うことを聞けということですか？」

「誰が一つだけだなんて言ったのよ？」

「え」

「私がいいって言うまでに決まってるじゃない。つまりは犬になれってことよ」

「はぁあああああ!?」

何かを悩んでいたかと思えば、僕に対する口止めのための交換条件を考えていたのか。

もちろん、そんなのは嫌だ。断固として拒否する。花咲さんならむしろ喜んでと言いたいところだが、よりにもよって林檎の言うことを聞かなきゃいけないなんて！　それに彼女のことだ。一体何を命令するか分かったものじゃない。

「り、林檎ちゃん、何もそこまでしなくてもいいんじゃ……」

花咲さんが戸惑いつつも止めに入ってくれた。さすがは僕の天使。ナイス花咲さん。

「何を言っているのよ、こころ」

しかし、林檎は折れる気がないようだ。

「この私が黙っててあげるのよ。それくらいの条件を出さないと不釣り合いでしょ」

「でも林檎ちゃん、犬になるなんていくらなんでも可哀想だよぉ」

「大丈夫よ。天野はそういうので喜ぶ質だから」

「あ、そうなんだ。それなら大丈夫だね」

花咲さんはそれまでの気遣うような表情がすっかり消え失せ、晴れやかな笑顔になった。

「いやいやちょっと待って！　僕にそんな趣味はないからね！」

そもそもだからって大丈夫な問題でもないだろう。同級生の犬になるなんて。

だが、落ち着いて考えるんだ。ここで断ればアカネとの秘密が口外されてしまう。そうなったら僕は学校内の立ち位置が底辺へと転落。アカネとの関係も終了だ。それだけは何としても避けなければ。

……林檎の言いなり。それはすごく嫌な響きだが仕方ない。

「はあ、わかった。林檎……君の言いなりになるよ……」

こうして僕は、犬猿の仲である女の子の犬になったのだった。

　翌日の休み時間。

「ねえ天野、喉渇いた」

　二年A組の窓側後ろの席。スマホで林檎に呼びつけられた僕は、机に頬杖を突いた彼女にいの一番にそう言われた。

「へえ、そうなんだ」

　彼女が不機嫌そうに目を細める。

「何か飲み物買ってきてって言ってるの」

「全然そうとは言ってなかったよね！　そもそもそれが人にものを頼む時の――」

「アカネちゃん、元気かしらねー」

「――どんなお飲み物をご所望でしょうか！」

　窓の外を眺めながらアカネの名前を持ち出す林檎に、僕は取り繕った笑みを向けて従うしかなかった。

　そんな僕を見て、林檎が満足げに頬を緩める。

「冷たい紅茶がいいな。甘くないやつ」

「行ってきまーす！」

　元気よく教室を後にする。しかし心の中にはどす黒い感情が渦巻いていた。

くそぉ……林檎（りんご）のやつめ、いつか復讐（ふくしゅう）してやる。

休み時間が過ぎ、午前の授業を終え、昼休みになるとまた呼び出された。もちろんそこでも彼女の虐（しいた）げは続く。

僕はパンや飲み物を抱えて、購買から二年A組の教室へと戻ってきた。

「ほら、買ってきたよ」

自分の席で花咲（はなさき）さんと机を合わせて弁当を食べる林檎に、僕は野菜サンドを突き出した。

「ご苦労さま」

林檎は偉そうな態度でパンを受け取り、代金ぴったりの小銭を渡してきた。花咲さんの分も入っているようである。

「わたしの分までごめんね、天野（あまの）くん」

花咲さんが実に心苦しそうに手を合わせてきた。

「花咲さんが謝る必要ないよ。林檎のついでだったし」

そう言って花咲さんに紙パックのミルクティーを手渡す。

それでも申し訳なさそうな顔をしている花咲さんはやっぱりいい子だな。むしろ花咲さんに使われるのであれば光栄な限りなのに。

さて、そろそろ僕も自分の教室に帰ってお昼を食べようかな。

「じゃあ僕はこれで」

「待って。せっかくだから一緒に食べようよ、天野くん」

帰ろうとする僕を花咲さんが引き止めた。その目は、僕の手元——自分の分として買ってきたパンや牛乳に向けられている。

「え、いいの？」

林檎と一緒に食べるのは嫌だが、花咲さんと一緒なのは嬉しい。最近、アカネと付き合っていると言い出してから彼女との関わりがぐんと減ってしまったからなおさらだ。

「は、はあ!? ちょっと何言ってるのよ、こころっ！　なんでそうなるのよ!?」

しかし、林檎は反対。やはり僕が一緒だと嫌な様子である。

「わたしが一緒に食べたいんだもん」

「う～、やっぱり花咲さんは優しいなぁ。天使だよ、ほんと」

僕はうっかり思ったことを口に出してしまった。

花咲さんは照れたように顔を赤くして、手をぶんぶん振り回す。

「そんな天野くんったら、天使は言い過ぎだよぉ～」

花咲さんのこういう表情も可愛いなぁ。何時間でも見ていられる気がする。

「わ、私だって本当は……っ」

慌てたように林檎が何かを言いかけたので続きを促す。

「本当は何？」

「あっ、あんたみたいなどんな女の子にも尻尾振る犬と食べるより、こころと二人きりで食べたいって言いたかったの！　でも、こころが言うなら仕方ないわね。好きにしなさい」

なんだかひどく貶された気がするが、了承してくれたのならそれでいい。花咲さんとお昼が食べられるのだ。

「じゃあお言葉に甘えて」

僕は近くから椅子を引っ張ってきて、林檎たちが使う机の上に自分の食事を乗せた。

ふと林檎に目を向けると、彼女は弁当をすべて食べ終え、僕に買ってこさせた野菜サンドを食べようとしているところだった。

「そんな量食べたら太るんじゃない？」

「うっ、うっさいわね！　いいでしょ！」

赤面して憤慨する林檎。しかし、静かに野菜サンドとにらめっこをしたかと思うと、唐突にぷいっと顔を背けて言い訳をするように話す。

「ま、まあでも、犬にはちゃんとご褒美をあげなきゃいけないし？　半分くらい分けてあげないこともないわよ」

林檎が野菜サンドを半分にして、目を合わせないようにしながら僕によこしてきた。

「え、でも」

「い、いいから受け取りなさい、エサ……ご褒美なんだから」

「今一瞬すごく受け取りたくない言葉が聞こえたんだけど！　……まあ、一応ありがと」

僕は戸惑いつつも野菜サンドを受け取った。太るのを気にしてだろうが、林檎から何か物を貰ったのは初めてかもしれない。

「あ、ずるい林檎ちゃん！」

その様子を見ていた花咲さんがいきなり大きな声を上げた。

そして、自分の弁当箱から卵焼きを箸で掴み、僕に差し出してくる。

「わたしのもあげる。はいあぁ～ん」

いやいやいや、それはまずいでしょ！

だって、それとこれとは違うよ！　違うよねっ！

Ａ組のみんなの視線が痛いんだけど。

「やめなさい、こころ」

林檎が呆れた声で花咲さんを制する。

「だって、彼女さんが嘘だったら、こうしてもいいかなって」

「みんなは嘘だって知らないんだから、こころが彼女だと誤解されちゃうわよ？」

「わたしが彼女……っ!?　そ、それは天野くんに迷惑だよ……ね？」

花咲さんが卵焼きを弁当箱に戻し、足をもじもじとさせて上目遣いで見てきた。

嫌なわけない！　けれど、そう言いきってしまったら、告白みたいになってしまうのではないか。かといって自分に嘘を吐くのも嫌だし、ここは曖昧にぼかしておこう。

「えーと、迷惑ではない……かな」

「ほ、ほんとに……？」

花咲さんはなぜかちょっと嬉しそうな顔をした。

「あ……うん」

え、何これ。何この甘い雰囲気!?　このまま告ったらなんかいけそうなくらいだけど！

しかし、そこへ林檎が口を挟む。

「ふ、ふーん、天野が浮気野郎として学校で名を馳せることになるだろうけど、こころはそれでもいいんだ〜？」

「そ、それはダメっ！」

花咲さんはぶんぶんと首を横に振った。

僕らの甘い雰囲気はどこかへ消え失せ、林檎も疲れ切ったため息を吐いてスマホを手に取る。

あーあ、もう少しだけさっきの雰囲気を味わっておきたかったな。

そう思っていると、花咲さんが突然顔を近付けてきた。林檎は野菜サンド片手にスマホを見ていて、僕らに気が付いていないようだ。その一瞬に彼女は僕の耳元に口を寄せて囁く。

「じゃ、じゃあ今度から誰も見てないところでするね」

真っ赤な顔ではにかむ花咲さん。耳に彼女の息がかかった。甘い香りがする。

どうしよう、不覚にもドキッとしてしまった……！

顔が火照ったみたいに熱い。

「それで天野」

身体を冷まそうと牛乳を口に含む僕に、林檎が淡々とした調子で訊いてくる。

「そのアカネって子のこと、本当はどう思ってるの？」

「え、ど、どうしてそんなこと訊くの？」

「これも命令よ。今すぐ答えなさい」

「えぇー……」

いくら命令だからといっても、それは何だか恥ずかしくて言いづらい。

「それわたしも気になるな」

しかし花咲さんまでもが興味ありげに身を乗り出してきた。

追い込まれたような感じがする……。

「うう……分かった言うよ」

アカネを弱みとして出されても嫌だし、花咲さんのお願いは断りづらい。

僕は渋々話すことにした。

といっても、この感情はどうにも説明しづらいんだけど。

「アカネのことをどう思ってるのかというのは自分でもよくわからないんだよね。でも、どんな人なのかなとかどこに住んでるのかなとか、何となく気になっちゃうんだ。できることなら会って話してみたいとも思ってる」

やばい、自分で言っておいてすごく恥ずかしくなってきたぞ。まるで好きな子の話を教えているような気分だ。

「ほえぇ～」

「花咲（はなさき）さん、なんでそんな嬉（うれ）しそうなの？」

花咲さんがぽわぁ～とした笑みを浮かべていたので僕は訊（たず）ねた。

すると彼女は、慌てて手を上下に振り回しながら答える。

「え、あ、だって聞いててきゅんきゅんしちゃったんだもんっ」

そしてまた柔らかい笑みになった。

「いやぁ、恋っていいもんですなぁ～」

「なぜいきなりおやじ口調⁉　ていうか恋とかそういうのじゃないって」

たぶん違う……と思う。純粋な友情とかでもないかもだけど。

「とかとか言っちゃって～」

花咲さんは左右に体を揺らしながらそう言い、林檎（りんご）に向く。

「林檎ちゃんもきゅんきゅんしたよね？」

「別にしないけど」

林檎は興味がなさげに、指先で横髪をクルクルと巻きながらスマホをいじっていた。

訊(き)いておいてその態度って……。

「もう林檎ちゃんったら素直じゃないんだから～」

花咲さんが茶化(ちゃか)すようにそう言ったが、林檎は無反応だった。


その後も林檎の虐(しいた)げを受けながらも、なんとか迎えた放課後。

僕はすっかりヘトヘトになっていた。

「はぁあああ疲れたぁ……」

生徒会室のいつもの席に座り、机に顔を伏せる。

「あ、天野(あまの)……」

正面に座った林檎に呼ばれた。上体を起こして顔を向けると、彼女は照れくさそうにちらちらとこちらを見る。

「ちょっと今日はやりすぎちゃったかも……？」

「かもじゃなくてそうだよ」

僕は呆れ眼でそう言ったが、心の中では少し驚いていた。まさか林檎が僕を気遣うような言葉を言うなんて。明日は槍が空から降ってくるかもしれないから準備しておかないと。

「お疲れさま、天野くん。大変だね」

花咲さんが優しく声を掛けてくれ、傍に湯呑みを置いてくれた。

ほうじ茶のいい香りがする。

「ああ、ありがと花咲さん。今日は特に君が天使に見えるよ」

「もうキザなこと言っちゃって～。だから天使は言い過ぎだってばぁ～」

お盆でバシッと僕の背中を叩く花咲さん。その頬は心なしか赤らんでいる。

「犬のくせにこころを口説いてんじゃないわよ」

ふん、とそっぽを向いて林檎がそう言った。

「林檎には関係ないじゃな――」

けれども、言い返そうとする僕に、林檎は得意げな笑みでスマホを開いて見せてきた。

そこにはアカネのアカウントページが。

「――ごめんなさいっ」

弱みを前に僕は光の速度で謝罪することしかできなかった。

さっきは僕を気遣うような発言をしていたが、やっぱりいつもの林檎だ。

窓辺からその光景を見ていた鳥田先輩が陽気な声で言う。

「気のせいかもしれないけど、近頃君たち仲いいね～」

「『気のせいです！』」

「ほら息もぴったり」

図らずも林檎と声を揃える結果となってしまった。僕らは互いに睨み合う。

しかし、鳥田先輩はまるで裏が取れたと言わんばかりにニヤリとしていた。

「そんな君たちに仕事を頼みたいんだよね」

鳥田先輩の声音が少し変わった。おふざけモードからお仕事モードへとなったようだ。

「9月に合唱コンクールがあるの覚えてる？　あの企画の一部をお願いしたいんだ」

「と言いますと？」

林檎が訊いた。恐らく彼女はもうすでに仕事を引き受ける気なのだろう。

「当日の段取りやタイムテーブル決めだよ。歌う順番を決める抽選会は毎年お昼の放送で流すから、その企画もお願いいね」

「なるほど……」

「そんなかんじだけど、頑張ってもらえないかな。なかなか会長の仕事が増えて手が回らなくなってきちゃってね。それに来年はあたし抜きで色々企画しなきゃいけないから、その練習ってことで」

鳥田先輩はそう言い、僕と林檎を見てにこりと笑った。

先輩にそんなことを言われたら断る選択肢はない。しかし、僕たちだけでやり遂げることができるだろうか。失敗はしないだろうか。不安ばかりが先行して、なかなか「やります」という言葉が口から出なかった。

「私やります」

けれども、林檎は違った。彼女は全く迷いも見せずにそう言ったのだ。

林檎がそんな堂々としているならば僕も負けていられない。

「分かりました。僕もやります」

僕も追うようにそう答えたが、林檎と二人きりの仕事は結構苦労しそうだ。

特に今は林檎の犬もやっているわけだし。きっとこき使われるに違いない。

「あ、あの！　わたしもいっしょにその仕事やってもいいですか！」

そこへ、ぴょんぴょんと飛び跳ねながら挙手をする花咲さん。

「おー花咲庶務、やる気満々だね～！　もちろんいいよ」

鳥田先輩は快く承諾して、その場をまとめる。

「生徒会はほぼ毎日あるし、分からないこととかあったら何でも相談して。お互いの進捗状況とかも随時報告し合おうね。じゃあ、今日の生徒会についてだけど……」

よかった、花咲さんがいるなら少しは安心だ。林檎に虐げられても彼女が助けてくれるだろう。

そう思いながら花咲さんの横顔を見つめると、不意に彼女もこちらを見て、無言で笑顔のウィンクをした。

この様子だと花咲さんもそのつもりで名乗り出てくれたのかもしれない。

花咲さん……本当に君は天使のような人だ……！

このようにして、僕ら三人は一緒に仕事をしていくことになった。

◇◇◇

その日の放課後、僕と林檎と花咲さんでファミレスに寄っていた。

僕の正面に林檎で、その隣に花咲さんという座り方。注文したのはドリンクバーだけだ。

僕はウーロン茶で林檎はグレープフルーツジュース、花咲さんはメロンソーダだった。

何も食事をするために寄ったのではない。これからの仕事について色々と話し合うためである。

「やっぱりあなたたちは何もしなくていいわよ。私一人で十分だから」

しかし、開口(かいこう)一番林檎が言ったのはそんな言葉だった。

いきなりそんなことを言われ、僕と花咲さんは驚いて固まってしまう。

林檎と一緒に仕事をするのは嫌だが、彼女一人にすべて押し付けるのはもっと嫌だ。

「でも林檎、一人だと結構な仕事量になると思うよ？」

「そうだよ林檎ちゃん。みんなでやろうよ、ね？」

僕と花咲さんが諭そうとするが、林檎は素っ気なく返す。

「私一人の方がやりやすいのよ」

すると花咲さんが怪訝そうな顔になった。

「もしかして林檎ちゃん、わたしたちに気を遣ってる？」

「別にそんなことないわよ」

林檎は視線を逸らし、前髪を指先で弄り出した。

取り合う気もないというように見えるが、花咲さんはそれでも引き下がらない。

「自分が最初にやるって言いだしたから、天野くんが断りづらかったんじゃないかなって心配してるんだよね？」

「だっ、だからそんなことないって言ってるでしょっ」

「うそ！　だって林檎ちゃん嘘吐くときいつも髪を弄るんだもん！」

「こ、これは……その」

林檎はハッとなって髪を弄る手を止め、真ん丸の目で花咲さんを凝視する。

これは僕でも分かる。図星だ。なるほど、林檎にこんな癖があったとは。ずっと一緒にいる花咲さんだから分かることなのだろう。

それにしても林檎、そんなことを気にしていたのか。しかし、そんな配慮は不要である。一度頼まれたことから逃げるなんて嫌だ。

「林檎、僕たちに気を遣う必要なんてないよ。僕たちだって生徒会役員なんだし。それに花咲さんは親友で、僕は……犬、なんでしょ？」

「そうだけど……」

林檎は黙り込んでしまった。僕は彼女の言葉を待つ。

ファミレスに来ている他の客たちの騒がしさの中、僕たちだけに沈黙が訪れた。

しかし唐突に、その沈黙を破るようにして花咲さんが手を打ち鳴らす。

「そうだ！」

びっくりした。突然のことに林檎も目を見開いている。いきなりどうしたのだろう。

僕たちが見守る中、花咲さんは自分のスクールバッグをがさごそと漁り出し、あるものを取り出した。

「じゃーん！　二人にプレゼント。可愛いでしょ～」

それは手の平サイズの黒猫のぬいぐるみだった。頭が丸くて大きいデフォルメされたデザイン。よく見ると頭には紐が付いていてストラップにできるらしい。だが決して可愛くない。なぜならその目は不機嫌そうなジト目をしていたからである。

「な、何これ？　すごくふてぶてしい顔してるんだけど」

「名前はウォーカー君だよ。可愛がってあげてね！」

花咲さんが屈託のない笑みを見せてそう言った。

「へ、へえ、ウォーカー君ね……」

もしかして花咲さんってこういうのが好きなの？　女の子ってよく分からない。

というかなぜこのタイミング……!?　女の子とか以前に花咲さんがよく分からないぞ。

僕が若干引いている横で、ぼーっとぬいぐるみを見つめていた林檎がぼそりと言う。

「可愛い……」

え、林檎でも可愛いとか言うんだ……。てっきりそんな感情抜け落ちてるかと思ってた。

「な、何見てるのよ？　なんかすっごく失礼なこと思われてる気がするんだけど？」

「そんな滅相もないよっ！」

林檎は変なところで鋭いな。

「みんなでお揃いだからね。仲良しの印！」

花咲さんが僕らに一つずつ〝ウォーカー君〟を渡しながら明るくそう言った。

へぇ、お揃いか。林檎はともかく花咲さんとお揃いなのは嬉しいかもしれない。

そんな思考も読み取ったかのように、林檎は僕をビシッと指差し強い口調で言う。

「天野は付けるの禁止だから！　保管は許すけど」

ですよねー……。

まあ、花咲さんから貰ったものだし、元より大切に保管しておくつもりでいたけど。

林檎は笑顔で花咲さんに向き直る。

「それにしてもほんとに可愛いわね。手作り？」

「えへへ～実は最近こういうの作るのハマってて」

へえ、じゃあこれは花咲さんの手作りなんだ。なおさら大切にしなきゃ。

「ありがと、こころ。大切にするわ」

「ありがとうね、花咲さん」

僕と林檎が口々にお礼を言うと、花咲さんは照れたように笑って後頭部を掻いた。

「えへへ～」

それから思い出したかのように林檎を見る。

「じゃあこの子に免じてさ、一緒にお仕事しよ、林檎ちゃん」

「でも……」

それでも林檎は迷っているようだった。

花咲さんはすかさず〝ウォーカー君〟を盾のように構えて裏声を出す。

「ボクも林檎ちゃんと一緒にお仕事したいナー」

「……もお、こころったらずるい」

仏頂面が思わず、ぷっと吹き出した。さすがの林檎も折れたらしい。花咲さんの力技は最強だ。

「分かったわ。じゃあ仕事の内容について確認するわよ」

花咲さんは「やった！」と飛び上がらんばかりに元気な笑顔で僕を見た。僕までつられて笑顔になってしまう。

ともかく、花咲さんのおかげで僕たちは三人で仕事を進めることができそうだ。花咲さんには感謝してもしきれない。

ファミレスが夕飯時で賑わってくるまで、これからの仕事のスケジュールや各々がすることなどを確認し、僕たちはそれぞれの帰路へとついた。

そうして家に帰ってくる頃には、すっかり真っ暗になっていた。

「やっと帰ってこれたぁ……」

自室のベッドに体を沈める。林檎に虐げられたり、新しい仕事が始まったりでいつもよりも遥かに疲れた。

そこでスマホの通知が鳴った。ツインクラーではなく、アインというＳＮＳの通知音だ。

ちなみにアインとは、アカウント情報を交換した相手と無料でメッセージのやり取りや通話ができるアプリで、若者ならば誰でもスマホにインストールしているものである。

スマホでアインを起動し、トーク画面を表示する。

「ん、田辺からだ」

田　辺『お前らほんとにラブラブだなぁ～』

メッセージの次に画像が送られてきた。それはＳＮＳの画面。僕とアカネのやり取りを写したスクリーンショットだ。見返すのも恥ずかしいほど甘ったるい言葉を交わし合っている。しかし、それも僕とアカネが恋人に見せるために行った偽物のやり取り。

疑う余地もなく、恋人同士だと思わせられていることに改めてほっとした。

だが詰めを怠ってはいけない。僕はいかにも慌てているように考えて返す。

天　野『ちょっ、そんなの送ってこないでよ！』

『というか、そっちだって彼女できたばかりでラブラブなんでしょ！』

田　辺『へっへっへー』

『お、噂をすれば、お前の彼女さんが何か投稿したみたいだぜ』

天　野『え、嘘』

変だと思った。

アカネが僕に何も言わず何かを投稿するのは初めてのことだ。

僕はなんとなく嫌な予感がしてすぐさま彼女の投稿を開いた。

アカネ【学校帰りに最近駅前にできたお店でチーズケーキ買っちゃった♪】

なんだ、偽の恋人とは関係のないただの投稿か。だが、アカネは自発的に投稿をすることがなかったから、どんなものなのか気になる。

僕はアカネの投稿をタップして開いた。

よく見れば画像付きのようだ。画面をスライドして画像を見る。

それはチーズケーキと紅茶のドアップの写真だった。ちょっとふんわりキラキラとした加工が施されているが、それ以外は特に変わったこともない普通の写真。

しかし不意に、僕の目はある一点に引き寄せられた。

「……え、ちょっと待って」

写真の紅茶はティーカップに収まり、丁寧にソーサーの上に乗せられ、銀色のティースプーンまで添えてあった。そのティースプーンは新しいものなのかぴかぴかで、鏡のように辺りのものを反射しているようだった。

そこに映っていたもの。それは——

「——今日花咲(はなさき)さんからもらった……ウォーカー君……っ！」

湾曲したスプーンの表面で若干歪んで見えるが、このふてぶてしい顔は見間違えようがなかった。

見覚えがあるどころではない。ついさっき貰ったものにそっくりだったのだ。

僕はまさかと思いつつスクールバッグから〝ウォーカー君〟を取り出す。

画像と見比べると顔の特徴が一致。今手に持つ〝ウォーカー君〟をスプーンに映せば、きっとこう見えるに違いない。

これを手にしているのは、世界で三人だけのはず。

「もしかすると、アカネは——林檎か花咲さんのどちらかなんじゃ……っ！」

僕とSNSで偽の恋人を演じる女の子は、身近にいるかもしれない。

それが分かり、僕の頭の中で驚きや動揺が渦巻いた。

となると僕は、いままで身近な人間とSNSでイチャラブなやり取りをしていたということになる。毎日顔を合わせている女の子と偽の恋人を演じていたということになるのだ。

だが本当にあの二人なら、どうしてアカネとして僕に近付いたんだ。僕がアカネと恋人のふりをしていると二人は知っているはずだから、もしかして最初から僕だと知っていて近付いてきたのかも……？

それと同時にある感情が湧いてきた。

どちらがアカネか分かれば、リアルで会って彼女と話をすることができる。まあ、もうリアルでたくさん話をしていることになるのだが、ちゃんとアカネと漆星(うるぼし)としてリアルで対面することができるのである。

「でも今回は大丈夫……かな」

実は中学時代にあったちょっとした出来事のせいでトラウマがあり、アカネに会ってしまうことの恐怖があった。これで関係が崩れてしまい、この楽しい時間が終わってしまうのではないかと。

それに万が一にも二人のどちらもアカネではなかったら、彼女たちに変な誤解を与えてしまうことになるかもしれない。

いや……ここで尻込みしていてはいつまでたっても前に進めない。これはアカネに近付くための大きなチャンスなのだ。

アカネが近くにいると分かった僕は感情が抑えられなくなり、居ても立ってもいられなくなった。

絶対にどちらがアカネかはっきりさせる。そしてリアルのアカネをたくさん知るんだ。

そう僕は決心したのである。

♥第二話『#マイエンジェル　#ゾンビ』

翌日、放課後の生徒会室。

「……と、いうわけで本日の生徒会は終わり。みんなお疲れさまー」

その日の議題すべてを話し終え、鳥田先輩が大きく伸びをして掛け時計に目を遣り、嬉しそうに声を上げた。

「お！　今日は早く終わったね」

「あ、じゃあお茶でも飲んで休憩していきましょーよ」

すかさず花咲さんが立ち上がってそう提案した。

鳥田先輩はパチンと指を鳴らして、にこりと笑う。

「お～、それはナイス提案だね花咲庶務。準備頼める？」

「はい！」

花咲さんは頷いてすぐさま席を立ち、生徒会室の隅にある給湯スペースのケトルでお湯を沸かしてお茶の準備に取り掛かった。

僕らはその間に生徒会の質問箱や資料を片付けて席に戻る。すると、花咲さんが各々の席にティーカップとソーサーを配ってくれた。花の蜜のようにほのかな甘い香りがする。

色はガーネットのように透き通った赤色だ。何のお茶だろう。

「花咲さん、これは何のお茶なの？」

自分の席に戻ってきた花咲さんに訊ねると、彼女はよくぞ訊いてくれたと言わんばかりににんまりとした。

「うふふ、ローズヒップティーだよ。わたしが好きなお茶なんだ〜」

「へえ」

僕は一口お茶を飲んでみる。

「おお、美味しいね」

ほのかに甘酸っぱい。渋くなくてジュースみたいに飲みやすい。

「えへへ、ほんとはちょっと酸っぱいんだけど、ハチミツを入れたからあんまり感じないかな？」

「うん、ほとんど感じないよ」

さすがは花咲さん。お茶を淹れさせれば彼女の右に出る者はいない。

「あぁ〜、花咲庶務の淹れてくれるお茶はいつも美味しいね。きっと今言ったこと以外にも特別なことをしているに違いなーい！」

まるで探偵が犯人を言い当てるがごとく、鳥田先輩が花咲さんを指差した。

いきなりのことに花咲さんは戸惑いを見せる。

「と、特別なことはしてませんよ～」

「いんや、これにはきっと何か秘密が……むむ、この香りは花咲庶務の出汁に違いない！」

「しょんなはずないですっ！　毎日お風呂に入ってて出汁なんて出ないはずですもん！」

花咲さんは顔を紅潮させ、腕を上下に振ってそう言った。

慌てる花咲さんも可愛いなぁ。でもちょっと可哀そうになってきた。

しかし、鳥田先輩はにやにやと意地悪な笑みのまま、からかいの手を緩めない。

「出汁はどうやって取っているのかな？　まさか……残り湯!?」

「そ、そんなもの使ってませんってば～！」

花咲さんは恥ずかしそうに顔を真っ赤にして否定していた。

もう限界だ。助けに入ろう。

しかし、それよりもワンテンポ早く林檎が口を開いた。

「会長、冗談もほどほどにしてください。セクハラで訴えますよ？」

「あは、ごめんごめん」

鳥田先輩はイタズラがバレた子どものように舌を出して笑った。

「なんだ、冗談だったんだぁ～……」

花咲さんが安心したように机に倒れ込んだ。

「ぷふふ、それにしても花咲庶務は反応が可愛いから、からかい甲斐があるな」

花咲さんの焦りようを思い出してはクスクスと笑う鳥田先輩に、花咲さんが恨めしそうな目を向けた。

「もぉ～、ひどいですよぉ～……」

「ごめんって。ほら、お詫びと言ってはなんだけど、おやつ持ってきたから分けて食べよ。花咲庶務は多めに持っていって」

「わーい！　ありがとうございます」

　鳥田先輩がスクールバッグから手の平より少し大きめなサイズのクッキー缶を取り出した。それを目にし、花咲さんは一瞬で元気を取り戻す。すぐさま起き上がって席を立ち、パタパタと先輩のもとまで駆けていくと、クッキーを貰ってすっかりご機嫌な様子だ。クッキー一つでころっと機嫌を良くしてしまうなんて、子どもみたいで微笑ましい。

　そんなこんなで、みんなでクッキーを食べながらお茶を飲んでお喋りする。だが、とうとう話題が途切れ、少しの沈黙が訪れた。そこで僕はある話題を出してみることに。

「最近駅前にケーキ屋ができたみたいですけど、もう誰か食べに行きました？」

　昨日の夜、林檎か花咲さんのどちらかがアカネであるということが分かった。そのきっかけとなった投稿には駅前の店で買ったというチーズケーキとウォーカー君が写っていた。これで林檎か花咲さんのどちらかが食べたと答えれば、ずばりそちらがアカネである可能性が高い。

「……せんぱい」

真っ先に僕の服の裾をくいくいと引っ張って声を上げたのは意外にも春風さんだった。

文庫本を置き、感情の読めない真ん丸の目でまっすぐにこちらを見つめている。

僕が顔を向けると、彼女はただ首を横に振った。

「春風さんはまだなんだね」

「……はい、なので今度連れて行ってください。甘いものは、好き、です」

え、それってデートのお誘い!? ……いや、それはないか。

心なしかいつもよりも春風さんの目がきらきらしているように見える。そこには僕ではなく、甘い物に対する恋心しか窺えない。

「おお！ 春風書記積極的だね～！」

鳥田先輩が満面の笑みを春風さんに向けた。

恐らく先輩は春風さんがデートに誘っていると誤解しているのだろう。

「きっと単に甘いものが欲しかっただけですよ」

僕はそう言い、春風さんに向き直る。

「じゃあ今度お土産に買ってくるね」

春風さんは満足そうにこくりと頷くと、文庫本を手に取り、読書を再開した。

「ところで、駅前って篠洲駅かな？」

「はい、そうみたいです」

鳥田先輩の問いに僕が答えた。昨日あれからネットで調べたところ、篠洲高校の最寄り駅である篠洲駅の前に、確かに最近新しいケーキ屋ができたそうなのだ。

「へえ、そこにケーキ屋ができたんだね、知らなかった」

先輩のその発言に、林檎(りんご)が驚きの声を上げる。

「ちょっと鳥田会長、それは女子として知らなきゃダメですって！　篠洲高生なら常識です。……といってもまだ私も行ってないんですが」

最後の方はばつが悪そうに髪をさっと撫(な)でて言っていた。常識とまで言ったのに、まだ行っていないことが恥ずかしいのかもしれない。

「あはは、流行とかにはどうも疎(うと)くてね〜」

鳥田先輩は全学年の生徒と話しているところをよく見かけるから、知っていてもよさそうだと思ったのだが。

ともかく、これで春風さん、鳥田先輩、林檎の三人がまだ行っていないことが分かった。

「じゃあ、花咲(はなさき)さんは？」

「えへへ、実はわたしも昨日林檎ちゃんに教えてもらったばかりで行ってないんだ」

花咲さんは頬(ほお)を掻(か)きながら恥ずかしそうに笑って答え、首を傾(かし)げる。

「ところで、その言い方だと昨日誰か似た人を駅前のケーキ屋さんで見かけたの？」

「ああうん、そんなところ……」

あれ、どういうことだ。誰も行っていないはずはないんだけど。まさか、アカネがリアルバレを恐れて嘘を吐いたのだろうか。そうとしか考えられない。

「それにしても天野会計は意外にも流行に詳しいんだね？」

鳥田先輩に感心するような口調で言われた。

「あ、いいえ、実は昨日ツインクラーでそんな投稿を見て知ったんですよ」

そうだ、ツインクラーだ。ケーキ屋に行ったかで嘘を吐かれてしまったから望みは薄いだろうが、アカネ探しの手掛かりはもう一つある。

「そういえばツインクラーで思い出したんですけど、みんな裏アカとかやってます？」

アカネのアカウントはきっと裏アカだ。ならば林檎か花咲さんのどちらかが裏アカを持っている情報が掴めれば、そっちがアカネの可能性が高いと考えることができる。

僕の問いに、まず花咲さんが小首を傾げた。

「ねえ天野くん、裏アカって何？」

「えっとね、裏アカっていうのは、リアルの人間……つまり学校の友達とか家族には教えていない秘密のSNSアカウントのことだよ」

「へえ、そうなんだ……友達とか家族に教えていないアカウント、へ、へえ……」

花咲さんは冷や汗たらたらであからさまに目を逸らした。やっぱり彼女には裏アカウントがあるのだろうか。いや、まだ判断するには早すぎる。

そこで鳥田先輩が口を開く。

「それなら残念ながらあたしに裏アカはないかな。SNSはアイン以外やってないしね」

「意外ですね。何をやってもあっという間に人気出そうなのに」

「それだからだよ」

「あ、なるほど。ネットの姫ならぬ、女王になってしまいますもんね」

鳥田先輩が窓辺に立つだけで、たちまち外には彼女に手を振る生徒が集まってくる。そんなカリスマ性を持つ先輩が例えばツインクラーなんかをやれば、通知の嵐でまともに活動できなくなるだろう。それでは純粋に楽しめない。

と、するともう一人、SNSをやるのが難しいメンバーがここにいる。

僕は隣で文庫本に目を落とす後輩に声を掛けた。

「春風(はるかぜ)さんは？　裏アカ持ってない？」

彼女は左側の尻尾(しっぽ)髪をぴくりと震わせ、ゆっくりと綺麗(きれい)な顔をこちらに向けた。そして真ん丸のつぶらな瞳で小動物みたいに僕を見つめ、透き通ったソプラノボイスで言う。

「……持って、ません」

「春風さんもなんだ。ひょっとしてSNS自体やってない？」

「……アインだけは、やってます」

「そっか、生徒会役員のグループにちゃんと入ってるもんね」

鳥田先輩と同じく、春風さんもSNSをやれば通知の嵐となってしまうだろう。人気者ゆえ仕方ないことだ。

「ありがとね、春風さん」

春風さんはこくりと頷いて読書へと戻っていった。

さて、と。

残るは林檎と花咲さん。アカネの可能性が高い二人だ。だがどちらかと言えば花咲さんの方が濃厚だろう。気遣い上手なところや優しいところ、雰囲気などアカネと花咲さんはどことなく似ている気がする。

じゃあ可能性の高い方を後に残すとしよう。

「林檎は？」

今までずっとスマホを弄っていた林檎が顔を上げて僕を睨む。

「どうしてそんなこと天野……犬なんかに話さなきゃいけないわけ？」

「わざわざ言い直さなくても……というか、そんな言い方するってことは持ってるの？」

「はっ！　そんなこと気にするってことはまさか私のこと好きなのっ？」

「そ、そんなわけないじゃん！」

どうしてそういう解釈になるんだ。林檎を好きになるなんてあり得ない。

林檎の方もこれ以上この話をするのが嫌だったのか顔を背け、一瞬だけ髪に手を伸ばしかけてやめた。

「じゃ、じゃあもう聞かないでちょうだい。そもそも私もうツインクラーやってないし」

あ……たぶん嘘だ。

林檎の癖について昨日花咲さんが言っていた。彼女は嘘を吐くときいつも髪を弄るのだそうだ。

たった今林檎は髪に手を伸ばしかけたように見えた。それにわざわざ隠そうとするということは、林檎には裏アカがあると見て間違いないだろう。

そうか、一度やめたと思ったけど、またツインクラー始めたのか……。

しかし、これだけで林檎がアカネであるとも考えづらい。というか、できればあってほしくない。だから花咲さんにも確認しておこう。

「じゃあ最後に花咲さんは？」

「わ、わわわあ、わたしも持ってても持ってないよっ？」

「……」

動揺を絵に描いたかのような慌てぶりに、場が静まり返った。

誰がどう見ても嘘を言っていることは明白。まさかここまで嘘が下手な人がいるなんて思わなかった。しかしどうやら隠したがっているようなので僕は気付かないふりをする。

「そ、そうなんだ、ふーん」

林檎も話題を逸らしてあげようと思ったのか、ニコニコしながら僕に訊いてくる。

「そういう天野は持ってるわよね～？　どうせ彼女と出会ったのも裏アカなんでしょ？」

「そ、そうだけど、何か文句ある？」

「いいえ、別に。だけど天野、中学生の頃から何も変わってないのね～」

「うるさいな」

中学時代、僕と林檎の間にはちょっとした出来事があった。けれど、できればそのことは掘り返さないで欲しい。

すっかり話題の中心が自分から逸れたことに安堵の息を漏らす花咲さんは、ふと疑問に思ったことを訊いてくる。

「そういえば林檎ちゃんと天野くんって同じ中学出身なんだよね？　その頃から仲良かったの？」

「は、はあ⁉　だ、誰がこんなSNS廃人でオタクの天野なんかと！　仲がいいわけないでしょっ！」

「SNS廃人？」

「ずーっとSNSやってるバカってことよ」

「え、ずっとSNSを………それなら……くんなら」

花咲さんは俯いて何かをぶつぶつ唱え始めた。

何か思い当たることがあるようにも見えたが、真面目な花咲さんのことだ。きっとSNS廃人という新しく覚えた単語を頭の中で反芻しているに違いない。

それはそうとして、僕は林檎に続いて花咲さんに念を押すように言う。

「いい？　花咲さん、僕らはただの宿敵なんだよ」

すると、花咲さんが反応するより前に、僕の服の裾を引っ張る影があった。

椅子に座ったまま僕を見上げる春風さんだ。

「……せんぱいたち、闘ってるの？」

「うーん、まあそんなところ」

「……せんぱい、負けないで」

春風さんは僕にしか聞こえないように囁き、小さな拳でガッツポーズを作って見せた。

「あ、ありがとう、春風さん」

よく分からないがエールを貰ったのでお礼を言っておいた。

すると春風さんは満足したように微かに笑みを浮かべ、また本の世界へと帰っていく。

「おやおや、春風書記がそっちにつくなら、あたしは月見里副会長の味方になろうかな」

春風さんの仕草を見ていた鳥田先輩がそう言いながら林檎に背後から抱き着いた。

その顔は楽しいことを見つけた子どものように無邪気だ。

「なんですか。というか暑いので離れてくださいって」

「なにー！　反抗する月見里（やまなし）副会長にはこうだ〜！」

「きゃっいや！　ちょっとやめてください会長っ！　ふにゃっ」

鳥田（とりた）先輩は林檎（りんご）の身体をくすぐり出した。ブラウスの上から脇や腰、胸などあちこちをこちょこちょとまさぐる。

林檎がくすぐったそうにもがくが、先輩はまるで逃がすような気配がない。

「あんっ、はぁん、やめっ！」

ごくり、と僕は生唾（なまつば）を飲み込んだ。

どうしてだろう、林檎の声がすごくいやらしいものに聞こえる。

頬（ほお）が上気して、片目をぎゅっと瞑（つぶ）って我慢するような表情。鳥田先輩にくすぐられているだけなのに、林檎の姿までもがすごくエロく見えてきた。そんな彼女から目が離せなくなる。

「いやぁあああ……」

そしてフィニッシュと言わんばかりに鳥田先輩が林檎の脇を責め続け、彼女は大きな声を最後に机へ力なく倒れ込んだ。

うぅ、林檎相手に、できればもうちょっと見ていたかったと思ってしまうのが悔しい。

一仕事終えた顔で鳥田先輩は額の汗を拭（ぬぐ）うような仕草をし、元気よく今度は花咲（はなさき）さんに

顔を向ける。

「さあ花咲庶務！　君はどっちにつくのかな？」

「………天野くんなら……」

けれど、花咲さんは僕を見つめてぶつぶつ呟いていた。

僕の名前が聞こえた気がしたけど、ひょっとして僕の味方に付いてくれるということだろうか。でもそうしたら花咲さんまで鳥田先輩の餌食に……ごくり。

「花咲こころさーん」

もう一度鳥田先輩が花咲さんの名前を呼ぶと、びっくりして我に返った。

「あっはい！　はい、な、なんでしょうっ？」

「君は月見里副会長と天野会計のどっちの味方だね？　五秒で決めたまえっ！」

「えっ!?　えーと、わたしは……えと、えっと……」

あたふたと焦る花咲さん。

鳥田先輩はまたもそんな彼女を見ては楽しそうに笑っていた。

先輩も本当に趣味が悪い。とんだドS女王様だ。

このままいけば花咲さんのくすぐられる姿も見られそうだったが、日頃お世話になっているだけにやっぱりちょっと可哀そうだ。

「花咲さん、こんなくだらないことに付き合わなくていいよ。というか、鳥田先輩も花咲さんを困らせないでくださいよ」

僕は花咲さんに優しく言った後、鳥田先輩を呆れ気味に窘めた。

「あは、怒られちゃった」

鳥田先輩は自分の頭をポカリと叩いて、あっけらかんと笑った。間違いなくこの人は反省していない。

詰問から逃れた花咲さんがほっと胸を撫で下ろした時、完全下校時刻の予鈴が鳴り響き、僕らは全員真っ青になった。

しまった……！　ちょっとゆったりしすぎた。本来模範となるべき生徒会役員全員が完全下校時刻を破ったなんてとんだお笑い種だ。

僕らは慌てて残ったお茶を飲み、帰り支度のできた者から随時帰ることとなった。机に倒れていた林檎も鳥田先輩に起こされ、焦って帰る準備をする。

さて結局、林檎と花咲さんの両方に裏アカがあることは間違いないと見た。

そうなると、あの動揺具合から考えて花咲さんが怪しい。彼女と二人きりになったタイミングでまた確かめてみよう。完全下校時刻も来たし、今日のところはもう帰らなければ。

鳥田先輩や林檎、春風さんに続いて僕も帰ろうとした。

「あの、天野くん。ちょっとお話が……」

だが、背後からの声に呼び止められた。

振り返ると、頬を少し赤らめ、恥じらうように目を背けた花咲さんが立っていた。

花咲さんのお願いなら断る理由がない。

「うん、いいよ。でも下校時刻だし、校門とかでいい？」

「校門はちょっと……」

どうも歯切れが悪い。花咲さんらしくない。

「そんな大事な話なの？」

「大事というか……」

「じゃあ、誰にも知られたくないような話？」

花咲さんはこくりと頷いた。

な、なんだろう。なんだろなんだろ。

これじゃあまるで、告白をする女の子みたいじゃないか！

まさか花咲さんのような素敵な人が僕なんかに……いや、ないない。うーんでも。

ダメだと思っても期待してしまう自分がいた。

ん、そういえば……前にもこんなことがあった。

そうだ、確か半年ちょっと前にも、僕は花咲さんに呼び出されたのだった。

◇◇◇

あれは昨年の11月頃、生徒会役員になったばかりの時。

つまりは、春風さんがまだ加入していない現在の生徒会が発足した時のことである。

僕は毎日林檎と喧嘩ばかりしているせいで、生徒会の中で浮いた存在になってしまっていた。このままではみんなの迷惑になるだけだし、辞めてしまおうかと悩んでいたほどに。

そんなある時の放課後、僕は花咲さんにアインで呼び出された。

花　咲『今日は生徒会がないみたいなんだ（*^_^*）　それで、ね。ちょっとお話ししたいことがあるからいつも通りに生徒会室に来てくれると嬉しいんだけど、だいじょうぶかな？』

最初は告白ではないかと期待した。

なにせ、この文面を見ればどう考えてもそうである。

しかし、当時は花咲さんとあまり話したことがなかったし、そんな心当たりもまるでなかった。そういえば彼女は林檎の親友らしいし、いつも林檎と喧嘩ばかりしている僕に文句の一つでも言おうとしているのかもしれない。ならば行かないでおこうかと思った。

けれども万が一告白だったら、花咲さんを傷付けることになるし、なんかもったいない気もする……。まあ、何にしても行ってみないことには分からない。

放課後、そんなことを考えながら言われた通り生徒会室へ赴くと、部屋の隅の給湯スペースでお茶を淹れている花咲さんが屈託のない笑顔で出迎えてくれた。

「あ、今日は早かったんだね。いつも時間ギリギリに来てるから今日ももうちょっと遅いのかと思ったよ。とにかく座って待ってて」

てっきり、眉を吊り上げた花咲さんが待ち構えていると覚悟していたものだから拍子抜けだった。

ひとまず僕がいつもの席に座ると、花咲さんはほうじ茶の入った湯呑みを出してくれた。そして花咲さんがにこにこしながら僕の隣の席に座り、椅子をズズッと寄せてきた。まるで恋人がお喋りをする時のような近さだ。

一体何が目的なんだ⁉と、これには僕も動揺。けれども、それを悟られないように平静を装って訊ねた。

「それで、はな、話って？」

「あ、うん。どうしても天野くんと話したいことがあってね」

告白か文句か、いよいよそれがはっきりする。どちらが来てもいいように僕は身構えた。

花咲さんが真剣な面持ちで僕に問う。

「天野くんって、どんなお茶が好きなの？」

「……へ？」

僕は訳が分からなかった。予想した二つのどちらにも、掠りすらしない話だったのだ。

それでも花咲さんはお構いなしで続けた。

「いつも天野くん美味しそうにお茶飲んでくれないから、実は細かな好みがあるのかなって思って。天野くんのお茶の好みを教えて欲しいなって」

え、そんなこと？と唖然とすると同時に、申し訳ない気持ちが湧いてきた。僕がお茶の味を楽しめなかったのはたぶん、いつも林檎といがみ合っていたせいだ。花咲さんには悪いことをしたかもしれない。

僕はそれ以前に、もっと根本的なことがあると気付いた。

「というか、それならアインで聞けばよかったんじゃない？」

「あ……」

花咲さんは恥ずかしそうにもじもじとした。

「わたし、実はあまりスマホが得意じゃなくて。文字打つのもやっとなんだぁ」

「でも今日の呼び出しのメッセージだって花咲さん送れたじゃん？」

「あれはお友達に打ってもらったの」

「その友達絶対に変な誤解してるよ！」

「変な誤解？」

花咲さんはきょとんと首を傾げた。僕に送られてきたのは明らかに告白をする前の乙女の文章だったのだが、純粋過ぎてどういうことか分かっていないのかもしれない。

まったく、話してみればとんだ天然のおかしな子だ、と思った。

ツッコミを入れたら喉が渇いたので、何気なくさっき花咲さんに淹れてもらったほうじ茶を飲んでみる。

「あ、美味しい」

茶葉の香ばしさが鼻を抜け、ほどよい熱が流れ込んできて落ち着いた気分になった。これまで飲んできたものと味も香りも同じなのに、何か違う不思議な力を秘めている感じだった。まさか、たった一口のほうじ茶でここまで落ち着くなんて。

「よかったぁ。このお茶ね、天野くんのことを想って淹れてみたんだ。その想いが少しは伝わってくれたのかも、えへへ」

花咲さんはそう言ってはにかむ。それは天使のような笑みだった。

「だからね、もし生徒会嫌だなって思ったりしたら、わたしのお茶を飲んで落ち着いてくれたら嬉しいな。心も身体もぽかぽかになってくれたら、わたしも幸せになれるんだぁ」

まさか気付いていたなんて。あまり話すことがなかったのに見てくれていたのか。

そして僕のためだけにわざわざお茶まで淹れてくれた。

そんな子にこんな笑顔でこんなことを言われてしまってはもう辞められない。

こうして僕は生徒会を続けてみようと思い、今も所属し続けている。

辛くなっても嫌になっても彼女がいる――あの、笑顔の天使(スマイリーエンジェル)が。そう思うと頑張れた。

だから僕にとって花咲さんは、憧れとともに恩人のような存在でもあるのである。


そんな花咲さんに今また、話があると呼び出された。

以前のようにお茶の話題？　あるいはまさかの告白？　それともやっぱり花咲さんがアカネなのだろうか？

僕と花咲さんは完全下校時刻寸前で校門をくぐり、近くの喫茶店へと場所を変えた。

住宅街の中にひっそりと建つ、レトロな造りのこぢんまりとした店。半地下なこともあり隠れ家的わくわく感を覚えた。正面のカウンター席と右奥の方に数個のテーブル席がある。所々にアンティークの小物が置かれ、どこか懐かしい雰囲気だ。

僕らはテーブル席に座った。ここならば落ち着いて話ができそうである。

「ここ、あまり知られてない穴場なの」

花咲さんがそう言うように、僕も今日連れられてくるまでこの店の存在すら知らなかった。ここならば秘密の話をするにはうってつけかもしれない。

僕はコーヒーを、花咲さんはココアを注文し、それぞれ一口ずつ口に含んだところで僕は切り出す。

「そ、それで、話って何？」

「あ、うん」

花咲さんはもう一度ココアに口を付けてから深呼吸をし、僕を見つめる。

「あの、ね……天野くん」

唇を小刻みに震わせ、緊張した面持ちで言う。

え、この反応、ひょっとして告白しようとしてるの⁉

ああ、どうしよう、僕まで緊張で頭が真っ白になってきた。こんなことになるなんて思ってもみなかったから、どう答えればいいか分からない。こういう時はまず感謝の意を伝えればいいのかな。よし、ひとまず次に彼女が口を開いたらお礼を言う準備だけしておこう。

そしてついに、花咲さんが言葉を紡ぎ出した。

「天野くんって、ＳＮＳ廃人なんだよね？」

「ありがとう！　……って、へ？」

予想外の言葉に僕は一瞬固まってしまった。

えっと……この子は今、僕がＳＮＳ廃人かって訊いたんだよね？　なぜ？　どうして？

訳が分からない。

僕が何か聞き間違えたのだろうか。ＳＮＳ廃人に似た響きの他の単語。そうだ、もしかしたら「好きな人いる？」って聞いたのかも。いや、似ても似つかないって！

困惑する僕に花咲さんが続ける。

「今日林檎ちゃんが言ってたよ。天野くんはＳＮＳ廃人だって」

「あ、あーあの発言……」

それは本日の生徒会が終わった後の雑談でのことだ。確かに林檎が僕のことをそう罵倒していた。

「あれは林檎がちょっと誇張して言っただけだよ。僕が廃人を名乗るのはちょっとおこがましいかな」

「だけどＳＮＳに詳しいよね？　すごいなぁ」

「まあ一応、ＳＮＳなら中学校の頃からやってはいるけど」

「だったらね」

花咲さんが立ちあがり、テーブルに手を突いて身を乗り出してくる。

彼女の可愛らしい顔が文字通り僕の目と鼻の先にまで迫ってきた。

やばい近いっ⁉　それに花咲さんのほのかな甘い香りがするし！

あまりのことに頭にぐわっと血が上ってくるのを感じる。ドキドキが伝わってしまわないかと不安で仕方ない。

彼女は小ぶりながらもふっくらとした桃色の唇を開いて、大きな声を上げる。

「だったら、わたしに教えて欲しいの！」

「え、何を？」

「ツインクラーについて！」

ツインクラー!?　え、もしかして今日呼び出した用事ってそれ？　期待していた心が一気にしぼんでいく。それならわざわざこんなところでこんな話をしなくても学校で良かったんじゃないの。

いや、まずは冷静になれ。そして一から話を聞こう。

僕は一口コーヒーを飲んで、目を合わせずに言う。

「えっと、落ち着いて花咲さん。あと顔近い……」

「あ、ごめんねっ！」

花咲さんは自分が身を乗り出していたことに今気が付いたように頬(ほお)を赤く染め、椅子(いす)に腰を下ろした。そして、恥ずかしそうに目を伏せてココアを口に含む。

「まずは事情を聞いてもいいかな？」

花咲さんは頷(うなず)いた。それから深呼吸をして自分を落ち着かせてから話し始める。

「あのね……実はわたし、人には言えない趣味があるんだ」

「は、花咲さんに？」

ごくり、と僕は生唾を飲み込んだ。

花咲さんが……人に言えない趣味……!? き、気になる。気になるが……しかし、他でもない花咲さんが人に言えないと言うのだ。訊かないのがマナーというものだろう。

「それでね、同じ趣味をもつお友達を見つけたいなって思って、最近ツインクラーを始めたんだ。前よりだいぶ機械には慣れてきたつもりなんだけど、ツインクラーの機能とか使い方がいまいち分かりにくいところがあって」

花咲さんは小さく舌を出してお茶目な笑みを見せた。

「なるほど、事情は分かったよ。それでツインクラーを教えてって言ったんだね?」

「うん、教えてもらえるかな?」

「そういうことならもちろんいいよ。花咲さんの頼みなんだから断る理由がないって」

花咲さんには何度となくお世話になっている。いつも気を回してくれるし、林檎に虐げられている時だってすぐに助けてくれる。

告白かと勘違いし、勝手に落ち込んでいる自分がいるが、彼女の役に立てるのであれば僕は何だってできる。

花咲さんは安心したように手を胸に当てて目を細めた。

「ほんとに！　わぁよかった！　もうね、アイコンの背景の画像の変え方も分からなくて」

「ああ、あれね。確かに初心者には難しいかも。じゃあまずはアカウント開いてみて」

「うん……あ」

花咲さんはスマホをスクールバッグから取り出しかけて固まった。

どうしたんだろう……いや、そうだった。花咲さんは人には言いづらい趣味の仲間を見つけようと思ってアカウントを作ったのだ。だったら、アカウントを見ることでその趣味が何か分かってしまうかもしれない。僕のバカ。なんて考え無しな発言をしてしまったんだ。

「あ、ごめん！　人には言いづらい趣味だったね。やっぱり、僕のアカウントでやって見せるよ」

慌てて僕は自分のスマホを出して画面を明るくするが、花咲さんはそっとその上に手を添えて制する。

「ううん、やっぱり言うよ」

「でも……」

「ううん、天野くんなら大丈夫。天野くんはこの前、アカネさんとの秘密を話してくれたし、オタクくんだし」

「いや、あれは事故だったし、無理して話さなくても……ってオタクなの関係あるの？」

「うん、ちょっとだけ。それに天野くんにはね、お話ししたいなって思うの」

花咲さんは真っ直ぐな瞳を僕に向けてきた。そんな目で見られたら断れない。

僕は花咲さんと目を合わせたまま頷いた。

するると、花咲さんは「だいじょうぶ……天野くんなら」と消え入りそうな声で呟いたかと思うと、不安そうな面持ちでゆっくりと口を開く。

「わ、わたしの趣味はね……そのね…………ゾンビ……」

「……うん？」

今、ゾンビって言った？　何かの聞き間違い？

うまく理解できない様子の僕を見て、花咲さんがさっきよりもはっきりと付け加える。

「えっと……ゾンビの頭をぶち抜くのが……」

「う、うん……？」

どうしよう、さらに理解不能になった。花咲さんが拳銃を片手にアクロバティックな動きでゾンビたちを撃ち殺していく光景が頭に浮かぶ。

すると、あたかも僕の頭の中の映像を掻き消すがごとく手を振り回して花咲さんが慌ててツッコむ。

「本物のゾンビじゃないよ！　もちろんゲームのお話だよ！　ほら、少し前からまた流行ってるゾンビワールド・オンライン」

「え、ひょっとして花咲さんZWシリーズが趣味なのっ!?」

「ということは天野くんも？」

花咲さんが目を丸くした。驚き半分、喜び半分といった表情だ。きっと今僕も同じような顔をしているに違いない。

ZW——ゾンビワールドは、僕らが生まれる前からあるシューティングゲームで、日本を中心に世界中で人気が高い。現在、メインシリーズは八作目まであり、その他オンラインゲームや外伝版など数々のゲームが発売されている。

ホラー要素が強いせいか、ネット以外でそのゲームをやっている仲間は見つけられなかったのだが、まさかこんな身近にいたとは。

「うん、あのシリーズ小学校の頃から好きで6まではやったよ。でもオンラインはまだ手をつけてないんだ」

「わたしもあのシリーズずっとやってきたの！　オンラインもベータ版の時からやってるんだぁ～」

「それはなかなかの猛者(もさ)だね」

「中でもやっぱりオンライン版のゾンビは可愛(かわい)いんだぁ。這(は)いずり方とか倒れ方とかほんとにキュートな動きなの！」

「へ、へえ、そうなんだ」

ゾンビが可愛いかどうかの話はよく分からないが、花咲さんは僕よりもZWをやり込んでいるようだ。

じゃあどのキャラが一番好きで、どのシリーズが一番お気に入りなのだろう。得意の武器は何か。いつから始めたのか。どうしよう、話したいことがいっぱいで興奮が止まらない。

何から話すべきかと迷っていると、花咲(はなさき)さんが手を口元に当ててクスクスと笑い始めた。

「うわぁこれすごい、運命だよ！　ゾンビが引き合わせてくれた運命なんだよ！」

「え、そんな運命はちょっと嫌かもだけど……というか運命はちょっと言い過ぎだって」

ゾンビはともかく、運命とまで言ってしまうと、まるで花咲さんが僕と結ばれるみたいじゃないか。いや、しかし彼女は天然だ。きっと無意識にそんな発言をしているだけだ。

ああ、でも花咲さんがそう思ってくれてたらいいなって期待してしまう自分がいる。

「言い過ぎじゃないよ！　すごいよ！　そうだ、じゃあわたしのツインクラーアカウントと繋(つな)がろうよ！」

花咲さんは弾んだ調子でそう言ってスクールバッグからスマホを取り出した。花やハートが描かれたスマホケースに覆われ、例の〝ウォーカー君〟が付けてある。

そうか、僕が目の前にしているのはアカネの可能性が高い女の子なのだ。元より断る理由なんて無かったが、ここで繋がっておけばアカネである証拠が見つかるかもしれない。

「うん、もちろんいいよ！」

僕は二つ持っているアカウントの内どっちでフォローするか少し迷ったが、花咲さんはリアルの友人たちに趣味のことがバレたくないだろうし、裏アカの方でフォローすることにした。

彼女からアカウントＩＤを聞いて打ち込むと、出てきたアイコンを見せて確認する。

「このアカウントだね？」

アカウント名は〝ココ〟。アイコンはＺＷにも登場するゾンビ化したウサギだ。

「ん、ココ……？」

ココという名前にはどこか見覚えがある気がした。

「うん、そうだよ。何か気になることでもあったかな？」

「あ、いや何でもないよ」

きっと何かの気のせいだ。そう自分に言い聞かせて忘れることにした。

「そう？　じゃあフォローボタンを押しちゃお～」

「オッケー……あっ」

言う通りにフォローボタンを押して気が付いた。

フォロワー数は１。つまり僕が最初の一人目だ。

花咲さんがはにかむ。

「うふふ、天野（あまの）くんはわたしの記念すべき初めての人だよ」

不覚にもドキッとしてしまった。

違うと分かっていても別の意味に聞こえてしまう。落ち着け僕！

深呼吸をしている僕に、花咲さんがスマホ画面を見せてきた。それは自分のアカウントページのフォロー欄のようだが、僕のアカウントだけが表示されている。

「もちろんフォローの方もね」

「えっと、ありがとう、花咲さん」

「こちらこそ」

花咲さんの初めてのフォロワーになれたことは、何か特別な存在になれたような気がして嬉しかった。今日ほどツインクラーとZWをやっていてよかったと思った日はない。趣味やツインクラーで花咲さんと繋がれたのだから。

「ところでこの名前何て読むの？　うる……うるしほし？」

「うるぼしだよ」

「へえ、カッコいい名前だね！」

「そこはあまり触れないでくださいお願いしますっ」

中二病全開の名前なので恥ずかしくて仕方がない。

僕は誤魔化すようにして本題に戻す。

「そういえば、ツインクラーの機能を教えるって話だったね。ちょうどツインクラー開いてるし、このまま教えるよ」

「そうだった！　よろしくお願いします、天野先生っ！」

花咲さんは改まったように頭を下げて、えへへと笑った。

それから僕は、花咲さんが分からないツインクラーの使い方について説明した。

基本的な投稿の仕方や拡散の仕方、DMの送り方や細かな機能など。

「……お、おう、なるほど。ほーほーつまり、いいねはDMして拡散がフォローするんだね……うむうむ」

花咲さんはくるくると目を回しながらうわ言のようにそう言った。

だめだ、一度にたくさんのことを教え過ぎたせいで彼女の理解力のキャパシティを超えてしまったようである。続きは明日以降にするのがいいかもしれない。

「今日はこの辺にして、そろそろ帰る？　結構遅くなってきたし」

僕がスマホのロック画面に表示された時計を向けながらそう言った。

時刻は午後八時になろうとしている。

すると、時計を見た花咲さんは目を丸くして驚いた。

「ほわっ、だいぶ経っちゃってたねっ⁉　早く帰らないとお母さんに怒られちゃう！」

「じゃあ急いで帰ろう。途中まで送っていくよ」

僕たちは会計を済ませて外に出る。外はすっかり暗くなっていた。

花咲さんは確か電車通学だったはずだから、駅まで送ることになるだろう。

僕らは二人、閑静な住宅街を歩いた。

「ごめんね、わたしの都合で振り回しちゃって……」

隣を歩く花咲さんが、僅かにこちらへ顔を向けて申し訳なさそうに眉を曇らせていた。

「いいっていいって。楽しかったし、それにＺＷ仲間ができたから」

「えへへ〜。天野くん、ありがとうね」

花咲さんは弾んだ声でそう言い、空を見上げた。街明かりのせいで星一つ見えない黒い空だが、何か特別な星でも見つけたかのようにうきうきとした目で語り出す。

「わたしね、今すごく嬉しいの。ゾンビゲームが好きなんて言ったらみんなにどんな反応されるのか怖くてなかなか言い出せなくて、でもいっしょにゲームをしたりそのお話をしたりするお友達が欲しかったんだ」

花咲さんは屈託のない笑顔をこちらに向けた。

「だからね、わたし、天野くんに相談できて本当に良かったなって」

今の花咲さんの顔は、今まで見てきたどんな彼女の笑顔よりも輝いて見えた。そんな彼女の表情に僕は釘付けになってしまう。

そんなこと言われたら嬉しいに決まっている。しかし、改まってそう言われるとどうにも照れ臭かった。

花咲さんは前方突き当たりに跨線橋らしきものを捉えると、踊るようなステップで僕の前に出て振り向いた。

「あ、もう駅近くだから大丈夫だよ。送ってくれてありがとう〜」

「う、ううん、でもほんとに大丈夫？」

「だいじょうぶだいじょうぶ〜。また明日ね、天野くん」

「うん、また明日」

花咲さんは回れ右をし、駅へと跳ねるようにして駆けて行った。

僕はそんな彼女の背中を見送り、米粒くらいにしか見えなくなったところで来た道を戻る。そして考え事をしながら帰路へとついた。

今日のことで、花咲さんがツインクラー初心者であることが分かった。

アカネはツインクラーをちゃんと使いこなしているように見受けられるため、花咲さんがアカネである可能性はほぼ無くなったと言ってもいいかもしれない。

しかし、やはり花咲さんの雰囲気はどこかアカネに似ているような気がする。それに僕の前でツインクラー初心者を演じている線も捨てきれない。って、それこそあの花咲さんには考えづらいことなんだけど。

そんな考え事をしつつ家に帰り、夕食や風呂を済ませてから自室に戻ると、スマホに一件通知が来ていた。

どうやらツインクラーのＤＭ（ダイレクトメッセージ）のようである。送り主は〝ココ〟と表示されていた。

「お、さっそく送ってきたんだ」

DM（ダイレクトメッセージ）についてはさっき教えたばかりだ。覚えたての機能を使ってみたくなったのかもしれない。

僕はベッドに寝転がり、スマホでツインクラーのDMを開く。

ココ《や》

「や？」

花咲（はなさき）さんからのメッセージはたった一文字。まるでダイイングメッセージだ。

〝や〟って何だろう。何かの略語だろうか。うーん分からない。

今にも、や、の意味を検索しようとしたところで、追加のメッセージが送られてくる。

ココ《ごめんね。途中で送っちゃった～》

なんだそういうことか。僕もよく文章の途中でメッセージを送ってしまうことがある。一文字でやらかすのは初めて見たけど。

ココ《やっほー、天野くん！》
《今日お礼を言いそびれちゃったからちゃんと言わなきゃって思って！》
《ツインクラーについて色々教えてくれてありがとう～。それでね、もしよかったらなんだけど、これからも分からないこととか教えて欲しいなって》
漆星《もちろん任せて！　僕もそう言ってもらえてすごく嬉しいよ！》
ココ《やた！　本当にありがとうね、天野くん！》
花咲さんに必要とされるのは嬉しい。これをきっかけにもっと仲良くなっていけたらいいな。
うきうきとした気分で返事を送ろうとしたが、花咲さんからのメッセージが続いた。
ココ《あ、それとね。今週末、わたしの家に来ませんか？（≧◇≦）》
「花咲さんの……家!?」
いきなりのお呼ばれ!?　確かにさらに仲良くなれたらとは思ったけど段階ぶっ飛ばしすぎでしょ！
いいの？　行っちゃってもいいの!?　あとでドッキリ大成功って言われない？

ああどうしよう手汗でスマホがうまく操作できない。胸の鼓動がうるさいほど高まっている。

「お、落ち着け僕……っ！」

自らに言い聞かせるようにそう言った僕のもとにさらにＤＭが届いた。

ココ　《いっしょにゲームしたいなって》

「あ……やっぱそうだよね……期待して損した」

けれども確かに、今日はツインクラーについて教えてばかりで、ＺＷについては話し足りなかった。きっと彼女もそう思っていっしょにゲームをしようと言っているのだろう。

もちろん断る理由はない。それに、これはチャンスかもしれない。花咲さんがアカネであるか、最後の見極めをするのだ。

学校では林檎がいるからなかなか花咲さんと二人きりになることがない。花咲さんとちゃんと話をするにはこれしかない。

漆　星《もちろんいいよ。ＺＷやるの？》

ココ　《うん！　シリーズ全部あるから、好きなのをいっしょにやろ！》

《あでも、よかったらオンラインの方もいっしょにやろうよ～？》
漆　星《いいね！　やり方とか色々教えてよ》
ココ　《もちろんもちろん！　って言っても、ほとんど操作は同じなんだけどね》

そのようにして、僕と花咲さんは週末の土曜日にいっしょに遊ぶことになった。

ゾンビ狩りなんて、男女が行うドキドキイベントからは程遠い。けれど僕は土曜日が待ち遠しくて仕方なかったのだった。

◇◇◇

花咲さんとの約束前夜。

その日も僕は、自室のベッドでアカネとDMでやり取りをしていた。

今日は好きなライトノベルの話で盛り上がり、その主人公がモテすぎだという話題になった。

アカネ《そういえば漆星くんってモテるの？》
漆　星《いやいや、モテないよｗ》

　　　《学校でも男友達とばかり一緒にいるし》
アカネ《えー本当に？　モテそうだけどな～？　漆星くんとお話するの楽しいし》
　　　《じゃあ、女の子と一緒に遊んだりということもないの？》
漆　星《え……あーいやーどうだろ》

　可能性が薄くなったとはいえ、アカネの正体は花咲さんかもしれない。もしそうなら、彼女とは明日まさに一緒に遊ぶ約束をしているのだが、本人の名前は何だか意識しているみたいで出しづらい。
　僕がどう返信しようか迷っていると、アカネが次々とメッセージを送ってくる。

アカネ《あ、その反応はあるんだ！　どんな子と遊ぶの？》
　　　《おーい、漆星くーん？》
　　　《漆星くんってば～！》

　どうしてそこまでがっつくんだ⁉
　というかもし花咲さんだとしたら、分からないふりをしているのだろうが……。
　もういっそ、ちょっとカマをかけて確かめてみるか。

漆　星《アカネこそ異性と遊んだりしないの？》
アカネ《明日とか。誰かといっしょにゲームをしたりとか》
《なんだかすごく具体的だね……w　けど残念ながらないよ》
《だから今度、漆星くんとそういうことしたいな〜なんて（チラッ|∀・）》
《でも今は漆星くんの話！　ねえね、漆星くんはどうなの！》

あくまでもしらを切るつもりなのか。あるいはアカネが実は林檎なのか。やっぱりこれだけでは判断が難しい。それどころか、あっという間に話題の中心が僕の方へと戻ってきてしまった。

漆　星《こ、この話は終わり！　今日はもう寝よっ！》
アカネ《えぇー!!　じゃあ明日教えてよね！　絶対だよ！》

アカネはどうしても気になるようだった。この分だと本当に明日も追及してくるかもしれない。どうにか言い逃れる話題を用意しておかなければ。
それはそうと明日は花咲さんと遊ぶことになるのだ。そう思うとわくわくと緊張で変な汗が出てきた。今夜ちゃんと寝られるか不安である。

それでも明日は訪れる。僕はスマホを充電器に差して学習机に置き、明かりを消してベッドに潜ったのだった。

◇◇◇

翌日の土曜日。

その日はよく晴れていた。初夏も終わりかけ、そろそろ本格的な夏の訪れを感じさせる気温である。

僕は電車を使って隣町の駅へと来ていた。

午後一時に隣町の駅前で約束をしていたが、現在時刻は十二時二〇分。

「早く来すぎたかな……」

楽しみすぎて何本か早い電車で来てしまったのだ。

けれど、花咲(はなさき)さんの方を待たせるよりはずっといいだろう。

広いけれど店も何もない田舎(いなか)特有の駅構内を抜け、東側出口の正面に出る。そこはタクシー乗り場やバス停などの敷地が広がっていた。その敷地が待ち合わせ場所である。

「あれ?」

駅前の敷地には何本か木が植えられている。細くて低い木だが、緑の葉が生い茂っており休憩するにはもってこいの日陰ができていた。

その内の一本の下に花咲さんが立っていたのである。

その服装はいつもの制服とは違う。明るい色合いの花柄ワンピースに半袖カーディガン。ワンピースの丈はちょうど膝くらいまでで、そこから白くてほっそりとしたふくらはぎが覗いていた。手にはスマホと財布くらいしか入らなそうなほど小さい鞄を持っている。

花咲さんらしい、清楚ながらも可愛らしいコーデだ。僕は白シャツにパーカー、七分丈のパンツと無難な服で来てしまったけど大丈夫かな。彼女と釣り合う気がまるでしない。

「あ、天野くーん！」

花咲さんが僕に気が付いて、屈託のない笑みで手を振ってきた。

たぶん学校中の男子たちが今の僕の状況を羨むことだろう。そして、その全員が恐らくこの状況に直面した時、見とれて固まってしまうに違いない。つまり僕がそうだった。

「ほよ？　どうしたの天野くん？」

そんな僕を心配して、花咲さんが元気に駆けてきて僕の顔を覗き込む。

薄らメイクをしているのか、唇の色がいつもよりちょっぴり赤い。

服装も相まって、今日の花咲さんは十割増しで天使に見えた。

十秒くらい見とれた後、ようやく僕は可愛さの金縛りから解き放たれた。

「あっいや！　何でもないよ！　それよりごめんね花咲さん、ひょっとして僕遅刻した？」

「ううん、今日が楽しみで早く来ちゃったの」

「そ、そう」

花咲さんも楽しみだと思ってくれていたんだ。それに、自分と同じようなことをしていてなんだか嬉しい。緊張のせいで気の利いた返しができないことも今は気にならなかった。

「じゃ、じゃあさっそく行こうか」

僕は顔がにやつきそうになるのを誤魔化してそう言った。

「うん、行こ行こ～」

花咲さんの案内で僕らは肩を並べて歩き出した。

駅から十五分ほど歩いたところにある、新築の家ばかりが立ち並ぶ住宅街の一角に花咲さんの家はあった。僕の家よりは新しくて大きいものの、他の家とあまり違いはない。しかし、いざ目の前にするとなぜかドキドキしてきた。

女の子の家に遊びに行くなんて小学校以来無かったのに、今僕が目の前にしているのは学校での人気も高い可憐な容姿をもつ花咲さんの家なのだ。そう思うと緊張して、冷や汗が額を伝った。

「あれれ、もしかして天野くん緊張してる？」

花咲さんがニヤニヤと訊いてきた。

僕が頷くと、彼女は「あはは」と笑った。

「大丈夫だよ。今日はお父さんやお母さん、二つ下の妹も出掛けてるから二人きりだもん」

「いやいや、なおさら緊張してきたんだけど」

「どうして？」

純粋な瞳で訊ねてきた。

そんな女の子に、あんなことやこんなことを妄想していたとはとてもじゃないが言えない。かわりにやんわりと学習してもらおう。

「今度からは恋愛ゲームもやってみるといいよ。そうすればたぶん分かると思う。ゲームは貸すからさ」

「よく分からないけど、うん分かった！　今度貸してね。約束だよ？」

意外にも花咲さんは乗り気だった。その純粋さを保てるようにゲームのチョイスには細心の注意を払わなければ。

「さあ、入って入って」

花咲さんに導かれて玄関に入った瞬間、微かに甘い匂いがした。彼女の服から時々香ってくる匂いだ。そのせいでさっきまでの緊張が再来してしまった。

「お、お邪魔しまーす……」

家に上がると階段を上って二階へ。上ってすぐのドアを開けたところが花咲さんの部屋だった。

丸テーブルや本棚など、ピュアイエローを基調とした可愛らしいデザインの家具が置かれた部屋。腰くらいの高さの衣装箪笥の上には、女の子らしい小物に紛れるようにして〝ウォーカー君〟の試作品と思われるものもあった。

ベッドにはマシュマロのようなクッションといっしょにやっぱり〝ウォーカー君〟が横になっている。こっちのは抱き締めるのにちょうどいいくらいのサイズだ。あのぬいぐるみを抱き締めて眠る花咲さんを想像するとつい頬が緩みそうになった。

そんな部屋に一歩足を踏み入れるなり、花咲さんの甘い香りそのものが全身を覆った。ドキリと胸が高鳴る。

当然のことだが、確かに花咲さんがここで暮らしていると実感。それと共に緊張が一気に最高潮にまで達する。

「ちょっと飲み物用意するから座ってて。ごゆっくり～」

そう言い残して花咲さんは一階へと降りて行ってしまった。

「ごゆっくりと言われても……」

ここは花咲さんが暮らしている部屋なんだ。ここで花咲さんが着替えたり寝たり、あんなことやこんなことを……って何を考えてるんだ僕は！　落ち着け……！

結局丸テーブルの前で正座して待つこと五分ほど。グラスを乗せた盆を手に花咲さんが戻ってきた。

「ただいま～」

「お、おかえり」

花咲さんは丸テーブルにグラスを置いた。

「どうぞどうぞ、アイスレモンティーだよ～」

「あ、ありがとね。えーと、これ花咲さんが淹れてくれたの？」

「うん、そうだよ。水出しのアールグレイでレモンとの相性がいいんだぁ」

「さすが花咲さんだね」

「そんな大したことじゃないってば～」

花咲さんはちょっと照れたように微笑んで正面に腰を下ろす。

僕らはレモンティーで喉を潤した。紅茶のほのかな苦味をレモンの風味が爽やかにしてくれている。すごく飲みやすい。

暑い中歩いてきたせいか、僕は一気に半分まで飲んでしまった。

「外は暑かったもんね。ちょっとエアコン入れよっか？」

「あ、いや、お構いなく」

僕の飲みっぷりを見た花咲さんが壁に引っ掛けられたリモコンを使ってエアコンを入れてくれた。ピ、ピ、とリモコンを操作して細かな設定をする。

その間手持ち無沙汰になってしまった僕は何気なく部屋を見回し、テレビ台の下のゲーム機とソフトを見つけた。

ゲーム機は古いものから最新型まであるようだ。けれども、ソフトはどれもゾンビ系のものばかり。あとは少しだけ戦争ゲームが交じっているみたいである。どれもこれまでの花咲さんからは想像もつかないタイトルだ。僕がやったことのないゲームもたくさんある。

「それにしてもすごいゲームの数だね。ジャンルの偏りはあるけど……」

「えへへ、ちょっぴり恥ずかしいな」

恥じらうようにもじもじとする花咲さん。そのまま上目遣いで訊ねてくる。

「じゃあさっそく、しよっか？」

ただゲームをしようと言っているだけなのに、ついいけない想像をしてしまい鼓動が高まった。天然でやっているんだろうけど、このままじゃ今日一日心臓がもたない。

「そ、そうだね。えっと、まずはZWオンラインだよね？一応ダウンロードとキャラメイクだけは済ませてきたよ」

僕が肩掛け鞄から携帯ゲーム機を取り出しつつそう言うと、花咲さんは同じ携帯ゲーム機とにらめっこして何かをぶつぶつ唱えている。

「だいじょうぶ……平常心平常心……ひっひっふー」

「花咲さん？」

「あ、うんごめん！　えーと、さっすが天野くんっ！」

花咲さんは明らかに動揺を見せていた。

ひょっとして彼女も緊張しているのだろうか。

「じゃあまずはパーティ組もうよ。えっと、天野くんはどこかなぁ～」

僕らはそれぞれのゲーム機でＺＷオンラインを起動し、同じサーバーにログインした。

ひとまず多くのプレイヤーたちが集う広場で待ち合わせをすることに。僕は自分のアバターを大きな地球儀のモニュメントの前に立たせて待った。高身長イケメンだが、バリバリの初期装備でパンツ一丁という恰好である。

するとすぐに、目の前に小柄な女の子アバターが駆け寄ってきた。猫耳が付いた帽子を被り、薄茶色のポンチョでほとんど体のラインが見えない。たぶんこれは花咲さんだろう。

花咲さんがにこにことゲーム画面を見せてくる。

「あー！　天野くんこのキャラでしょ～。どことなく天野くんっぽいもん」

その画面にはその女の子と僕のアバターが映っていた。

「当たってるけど、え、僕パンツ一丁のイメージなの？　露出狂の変態だと思ってるの？」

「よし！　さっそくゾンビ狩りに行こ！」

「えっ、無視？」

僕の問いかけを華麗にスルーして、花咲さんは「おー！」と拳を突き上げた。

何だかいつもよりもテンションが高い気がする。そんな彼女の天使スマイルを見ていたら自分が露出狂の変態と見られていようがどうでもよくなってきた。いや、本当はどうでもよくないけどね。今は花咲さんとゲームを楽しみたい。

花咲さんはゆらゆらと身体を左右に揺らしながら考える仕草をする。

「えーっと、まずは簡単なステージで練習したりスキルアップしたりがいいかな？」

「とりあえず、そんな感じで」

「おっけ～」

僕たちはパーティを組み、所々に乗り捨てられた車や腐敗した死体がある大通りのステージへと繰り出した。僕はハンドガンで、花咲さんはアサルトライフルを手にしている。

さあ、いよいよ始まる。僕はわくわくが頂点にまで達した。

「よぉーし、いっくよ～！」

花咲さんが気合満々の掛け声と共にアバターを前進させた。僕は置いていかれないように後を付いていく。すると正面にさっそくゾンビが現れた。

それを花咲さんはアサルトライフルを使って一瞬で倒してしまう。鮮やかな手並み。思わず呆けてしまうほどの凄まじい腕前だ。

「……はっ、いけない！　これじゃ天野くんの練習にならないね。わたし援護に回るよ」

花咲さんは苦笑いでそう言って、アバターを僕の後ろに回らせる。

それからしばらく、僕のアバターが先頭でステージを探索した。僕が撃ち漏らしたゾンビを手堅く花咲さんが仕留めていく。また、操作で分からないところや裏技を随時教えてもらったりもした。そのおかげで僕は、スムーズにゲームに慣れることができたのだった。こうして花咲さんとゲームができるなんて僕はラッキーだ。今日ほどZWをやってきて良かったと思った日はない。人生すべての運を今日に注ぎ込んじゃったんじゃないかな。

「おっと」

急にゾンビたちの動きが速くなった。初心者用ステージはもう終わったのだろう。なかなか弾が当たらなくて苦戦を強いられることに。このままでは僕の体力が尽きてしまう。ここは一時退却を提案しようとしたところで、思わぬ声が聞こえてくる。

「ドタマかちわってやるぜぃ！」

確かに花咲さんの甘い声だったのに、その発言は彼女のイメージとは程遠いものだった。ひょっとしたらゲームのアバターの声だろうか。いや、ゲーム機から聞こえてくる声とさっきのものは違う。

「じゃあ……」

僕は恐る恐る正面で女の子座りをする花咲さんを見た。

「きゃはは！　ゾンビども○○○○!!　××××だよぉ！」

そこには、悪魔のような笑い声を上げながらゲーム機を操作する花咲さんの姿が。

えーと、これはどういうことだろう。今ここにいるのは花咲さんのそっくりさんで、いつの間にか入れ替わっていたとか……？

そんなはずない。どこからどう見ても目の前の女の子はちゃんと花咲さんだ。妹ならともかく、双子の姉妹がいるなんて話聞いたこともない。じゃあ一体どういうことなんだ。

「ちょ、ちょっと、花咲さん……？」

「天野くんの獲物いっただきぃ！　死にさらせぇ！　いえーい！　きゃはははっ！」

ゲーム上で花咲さんのアバターが、僕のアバターに群がるゾンビたちを一掃した。

「はぁあ〜、よき……っ！」

すべてのゾンビを倒しつくしたところで、現実の花咲さんが恍惚の笑みを浮かべて天井を見上げていた。

僕は未だにこの状況が理解できずに呆然とする。

すると、ゲームの中では次々とゾンビが現れ、襲い掛かってきた。本来ならば逃げて次へ進むのが定石の数だ。しかし、花咲さんはそれに片っ端から銃弾を浴びせていった。

武器をショットガンに替え、的確に近くまで来たゾンビの頭だけを吹き飛ばしていく。

「よーし、どんどん行くぞぉ！」

驚くべきことに、大量に湧いてきたゾンビすべてをノーダメージで倒してしまった。いくらスキルが高レベルで武器が強いといっても、多対一でノーダメージはすごすぎる。

いや待て……バイオレンスな発言にこの異常なまでのプレイヤー技術……あ！

思い、出した！

少し前、とある動画サイトでゾンビゲームの実況プレイの生放送を始めた女の子がいた。過激な発言と高い操作技術が反響を呼び、あっという間にその動画サイト内でトップランカーに上り詰めた伝説を持つ実況主。

そのハンドルネームは〝ココ〟。花咲さんのツインクラーの名前と同じである。

僕も何度かココの動画を見たことがあるが、残虐なのについ魅せられてしまうプレイに心を奪われた記憶がある。そして今僕の目の前で、花咲さんがまさにその動画と同じ声で同じ発言をし、同じプレイをしていた。

間違いなく花咲さんは、新参（しんざん）人気実況プレイヤー〝ココ〟なのである。

「準備はいいかぁ天野くんっ！」

「うおわっ」

突然、花咲さんがドンと丸テーブルに手を突いて、僕とゲーム機の間から顔を覗（のぞ）き込んできた。

「準備はいいかと訊（き）いてるんだ天野くんっ!!　答えたまえ！」

「え、あ、うん……」

「なんだねその腑（ふぬ）抜けた返事は！　しゃきっとしろー！　そんなではゾンビたちに食われ

ちゃうぞっ！」

「は、はい！」

僕は思わずその場で背筋を伸ばし、一度は崩した足を正座に戻した。

「よぉし行っくぜ～い！」

花咲（はなさき）さんは座り直し、ゲームを再開した。僕を置いていきそうな勢いでどんどんステージを先に進んでいってしまう。花咲さんの歩いた後には一体もゾンビがいないが、置いて行かれないようにするだけで精一杯だった。

ゾンビたちを仕留めていくたびに、花咲さんの興奮値が上がっていくように見えた。アバターの動きがダイナミックになり、発言もそれに伴って次第に汚さを増していく。

ああ、まさか花咲さんがこんな子だったなんて……。

花咲さんがアカネかもしれないと思っていたが、この様子だとそれはあり得ないだろう。あるはずがない。

「って、え!? ちょっ花咲さん！　僕ごと撃ってる！　死んじゃうって！」

気が付けば僕のアバターは花咲さんに撃たれて瀕死（ひんし）の重傷を負っていた。

「撃たれる位置にいるのがわるーいっ！」

急いで回復をする。しかし、体力が回復しきったところで今度は大爆発に吹き飛ばされた。またもや瀕死状態に逆戻りである。序盤のゾンビはこんな技は使わないはず。となるとこれはもう一人の仲間の仕業だ。

「ね、ねえ、今度は僕ごと爆破したんだけど……っ！」

「爆破される位置にいるのがわるーいっ！」

「えぇぇえ……」

花咲さんのプレイスタイルは狂犬そのもので、近寄るだけでも危険だった。しかし、徐々に慣れてきて、そんな狂犬でも心強い仲間と感じられるようになってくる。その内、何も言葉を交わさなくとも連係が取れるようになり、純粋にゲームを楽しめている自分がいた。

そしてやっとの思いで、休憩のできる安全地帯へと辿り着くことができた。

「はあはあ、ようやく中間地点まできた……」

「へいへい天野くん！　最初のステージなのにどうしてそんなにダメージ受けてるんだーい！」

「隣にラスボス級の悪魔がいるからだよっ！」

「よぉし、そろそろ休憩は終わりだ～！　休んだもんね、ちゃんと休めたもんね！　血祭り後半戦だぁ～きゃははは！」

「えぇ……もう行くの……」

花咲さんに休憩は不要なようで、すぐに後半ステージへと突っ込んでいってしまった。

後半のゾンビは前半よりも圧倒的に強かった。本当はさっきの中間地点で一度拠点まで戻って、装備やアイテムをもっと整えてから来るべきところなのだろう。

しかし、こっちには強い味方がいる。

多少暴走気味だが、どんな敵もどれだけの数も彼女の前では無力に等しかった。

「うぅん暑いっ！」

数十体のゾンビを殺したところで、興奮して熱くなったのか花咲(はなさき)さんが一枚服を脱いだようである。ちらりと目を向けると、羽織っていたカーディガンが無くなり、半袖(はんそで)のワンピースからほっそりとした白い腕が見えた。

おっと、この難易度のステージでよそ見はいけない。ゲーム画面に戻らないと。

僕はアバターの操作を再開するが、すぐに花咲さんがまたもどかしそうな声を上げた。

「まだ暑いよぉ！　ちょっと服脱ぐからわたしを守って」

「え、ちょっと花咲さん何だって⁉」

ちょうどゾンビたちがたくさん出てきたところで、花咲さんのアバターが急に動きを止めてしまった。

こんな数、僕一人だけでは相手できない。花咲さん一体どうしてしまったんだ――

「――ぬをっ⁉」

ゲーム機から顔を上げて驚愕(きょうがく)した。

花咲さんがワンピースの裾をたくし上げ、今にも脱がんとしているところだったのだ。ワンピースの布地が捲れ、滑らかな肌のお腹からあばら骨、あとテーブルの陰から僅かに下着のピンクが見えてしまっている。

「ままま待って、待とうか花咲さんっ！」

僕はすぐさまゲーム機を放り出して丸テーブルを回り込み、花咲さんを止めに掛かる。ワンピースの裾を持ち上げる彼女の腕を下ろし、くびれのキュートな腰を隠そうとする。

って、待って。こっちに来たのは間違いだったかもしれない。ワンピースがお腹の辺りまで捲れているせいで、腰から下にある淡いピンク色の三角の布地が丸見えだったのだ。

見ちゃいけない！

僕は咄嗟に顔を背けた。それでも花咲さんは脱ごうとするのをやめてくれない。

「ダメだよちゃんとわたしを守ってないと！」

「だから今守ろうとしているんだよ！　花咲さんの貞操を！」

「きゃっいや！　襲われちゃうっ！」

「誤解を招くような悲鳴はやめてくれないかなっ!!」

「あっ、あっ、あぁ……」

脱ぎかけの姿勢のままゲーム画面を見つめていた花咲さんが残念そうに息を漏らした。

「負けちゃった……」

画面には血のような赤で〝GAME　OVER〟の文字が。

ゲームが中断したことで頭が冷えたのか、彼女はワンピースを持ち上げる手を止めた。

ひとまず落ち着いたようで良かった。僕はほっと安堵の息を吐く。

「あれ……天野くん。わたし……」

すると、さっきまでの狂乱ぶりはいずこへ。花咲さんがきょとんとした顔で僕を見上げてきた。僕の表情からすべてを察したのか、彼女は氷漬けにされたように固まる。

「もしかしてわたし………やっちゃった？」

「やっちゃったかも」

僕はただ目を逸らしてそう答えるしかなかった。だが、目を逸らした先にあったのは、花咲さんが穿いている淡いピンクの布地とそこから覗く真っ白な太腿。

花咲さんも僕の視線を追ってそこへ辿り着き、羞恥に顔を耳まで赤く染めた。

「ごっ、ごめんね天野くんっ！　わたし！」

「い、いいから！　いいからまずは服を整えて！」

「ご、ごめんね」

お互いに激しく動揺。僕はくるりと後ろを向き、花咲さんは服を整えた。

しばらく衣擦れ音が響き、静かになったかと思えば、背中合わせのまま彼女が口を開く。

「そ、その、みみ見ちゃったよね？」

「……見ちゃいました。できるだけ目逸らしたんだけどね」

「お、お願い！　忘れるってことは……できない、よね？」

「あ、えっと……ごめん、脳にすっかり焼き付いちゃったみたい」

「そんなぁ……」

「一応努力をしてみるよ……一応」

「はうぅ、ほんとかなぁ……」

背中越しにも花咲さんがひどく恥ずかしがっているのが分かる。

そんな彼女のためにも、一刻も早く記憶から消去してあげたいものだが。

しかし、ピンクか。似合っていたなぁ。

花咲さんには悪いが、やっぱり当分忘れられそうにないのだった。


しばらくして、僕は丸テーブルを挟んで花咲さんの正面に座り直した。

まだ花咲さんは茹でダコのように顔を赤くし、恥ずかしそうに縮こまっている。

さっきの花咲さんのあられもない姿を思い出し、僕は顔が火照ったように熱くなったので、氷が溶け出してすっかり薄味になってしまったレモンティーを一気に飲み干した。

そこで花咲さんが自分の暴走っぷりについて事情を吐露し始める。

「実はわたしね、ゲームをやるとちょっぴり変なスイッチが入っちゃうみたいでね」

「ちょ、ちょっぴりね……」

ゲームの中での暴走に限らず、現実でもストリップショーを披露しようとしていた。とてもじゃないがちょっぴりどころでは済まない。

「みんなには引かれちゃうかなって思って、今まで誰かといっしょにゲームをすることができなかったんだけど、最近はああならない練習も兼ねて、ちょっとした方法でゲームをしてたの……」

「ああ、その方法っていうのが、ゲーム実況だったんだね」

花咲さんは目を丸くして僕を見た。

「知ってたの？」

「さっき思い出したんだ。ココって名前の色々な意味ですごい実況主がいたなぁって」

すると彼女は耳まで真っ赤に染めて俯いた。

「うぅ、恥ずかしいぃ」

「実況動画上げておいて今更感はあるけどね。それにもうさっきのを目の前で見ちゃったんだし」

「そ、そうだね……ごめんね。天野くんには見苦しいものを見せちゃったよね。でもどうしてもいっしょにゲームがしたくて……。実況動画を撮る中で最近はちょっとずつ落ち着いてきたと思ったんだけど、いっしょにゲームをするのが楽しくてついスイッチが入っちゃったみたい。嫌な思いをさせて本当にごめんね、天野くん……」

ぐすっと花咲さんが鼻をすすった。今にも泣き出しそうだ。いつも無邪気に振る舞う彼女のこんな姿は初めて見た。

正直、僕に引かれてしまうかもしれないリスクを背負ってまで一緒にゲームをしたかったというのは嬉しい。そんな風に思ってくれた花咲さんに、悲しい思いはさせたくない。

「僕も花咲さんとゲームするの楽しかったよ」

「え」

いいものも見られたしね。まあ、それだけでなく、花咲さんの裏の顔も見られて、勝手だけど少し距離が縮まったような気がして嬉しかったのだ。

確かにさっきまでの花咲さんは狂暴で手が付けられなかった。けれど、そんな彼女の超人的なプレイにはつい見とれてしまった。だからまた一緒にゲームがしたい。純粋にそう思えたのである。

花咲さんはうるうるとした目で首を激しく横に振る。

「うそ、わたし天野くんを何回も殺そうとしてたもん」

「うん、なんというか、すごくバイオレントだったね」

僕は思わず苦笑いをした。

「でも楽しかった。ゲームのあれやこれやを教えてもらったりいっしょにステージを進んで行ったり、二人でやるとすごくわくわくしたんだ。それに花咲さんやっぱりゲーム上手なんだね。あの銃さばきは好きだなぁ、惚れ惚れしちゃったよ」

「ほ、褒め過ぎだって……っ」

真っ直ぐに花咲さんの目を見つめて話す。

さっきは花咲さんが打ち明けてくれたんだ。今度は僕の番だ。

「僕もね、中学校の頃、一緒にゲームをしたりアニメを見たりする友達が欲しくてツインクラーをやっていたんだ。それでようやく見つけた友達がいたんだけど仲違いしちゃってね」

「そう、だったんだ……」

それはどの友人にも話していなかった事実だ。

あまりにも情けない話だったから、無かったことにしたかったのである。

「それ以来誰かとゲームをしようなんて思わなくなってたんだけど、やっぱりやってみたら楽しかった。だから……」

この時間がずっと続けばいい。またあればいいなって思ってしまう。

「よかったらさ、この後ももっと僕とゲームしてくれないかな?」

「天野(あまの)くん……」

花咲(はなさき)さんはまた鼻をすすり、柔らかい表情になった。

「ありがとう。天野くんは優しいんだね」

「僕なんて花咲さんの十分の一も優しくないよ」

「ううん、そんなことない。そんなことないよ」

そう言って花咲さんはいつものように「えへへ」と笑う。

「こんなわたしでよければ、もっとゲームして欲しいな」

「うん、喜んで」

花咲さんは嬉(うれ)しそうに笑い、気合を入れるように胸の前で小さく拳(こぶし)を作った。

「よぉし！　そうと決まれば続き！　さっそく続きやろうよ、天野くん！」

「そうだね。あ、でも、脱ぐのは勘弁してね」

「画面に集中していれば見えないし何も問題ないよ」

「問題大ありだって！」

「えへへ」

それから僕らは日が暮れるまでずっとゲームをして過ごした。

ＺＷオンラインの他にも多数のゾンビゲームを遊び、気付けば午後七時半。もうすぐ両親が帰ってくるから一緒に夕飯を食べていけばと誘われたが、さすがにそれは僕にとってハードルが高いし、もう僕も自分の家に帰らなくてはいけない。

名残惜しく感じながらも、僕らは花咲さんの家の前で解散する。

「今日は楽しかったね、天野くん」

「うん、すごく楽しかった」

けれどもう終わりの時間。これでさよならだ。せっかく花咲さんの裏の顔も知ることができたのに、それももう終わってしまうような気がして僕は寂しい気持ちになった。

「「あのさ」」

ある提案をしようとしたら、僕と花咲さんの声が揃ってしまった。

「天野くんがお先にどうぞ」

「いやいや、レディファーストだよ。花咲さんがお先に」

「そう？　じゃあお言葉に甘えて」

花咲さんははにかみ、ごほんと咳ばらいをして遠慮気味に言う。

「あのさ、天野くん。天野くんさえよければ、これからもゲームにお誘いしてもいい？」

驚いた。まさに今、僕もそれを提案しようとしていたのだ。

「もちろんだよ！　というか僕も今まったく同じことを言おうとしてた」

「ほんとに！　すごい！　以心伝心だね！」

花咲さんが僕の手を取り、子どもみたいにぴょんぴょん跳ねてはしゃいだ。

手から優しい温もりが伝わり、腕が激しく揺さぶられる。

「これからもよろしくね、天野くん！　えへへ」

「うん、よろしく！　花咲さん」

僕らは笑顔でお別れをした。

暗くなってしまった住宅街を抜けて駅に行き、電車に乗って家に帰る。

僕は車内でぼーっとスマホのツインクラーを眺めながら考え事をしていた。

今日のことで花咲さんのことを深く知ることができた。けれど、彼女から明らかにアカネっぽくない一面が見つかり、ふりだしに戻ってしまったような気がした。

アカネは、花咲さんじゃないのかな……？

◇◇◇

花咲さんの家で遊んだ翌日。日曜夜十時頃。

自室で学習机にしがみついて学校の宿題を済ませ、あとはツインクラーでもして寝ようかと思った時。ポロン、とスマホからアインの通知音が鳴り響いた。

こんな時間に誰だろうと思いながらスマホを開いてみる。

花　咲『天野く～ん(=^・^=)　よかったら今からゲームしようよ～?』

無論断る理由なんてない。ちょうど時間ができたし、花咲さんとゲームができるならどんなスケジュールだってキャンセルしたくなるくらいだ。

僕らはアインで通話をしながらゲームをすることになった。

ハンズフリーモードにして、スマホを学習机に置く。こうすればスマホを持つことなく会話ができる。そして携帯ゲーム機を手に取りスイッチを入れ、二人でゲームを始めた。

ゲーム内で落ち合い、昨日よりも難易度の高いステージへと入る。

『どうしたどうした天野くーん！　そんなことではゾンビに食べられてしまうぞーっ！』

「どちらかというと花咲さんの方が脅威（きょうい）なんだけど！」

もう隠す必要が無いと思ったのか、花咲さんのスイッチは昨日よりも早く入ったようだ。

『あ、わたしここ知らない。入ってみよーよ』

僕らは二人揃（そろ）って部屋に入る。

しかし入った瞬間閉じ込められ、イベントバトルへと突入してしまった。

中ボスレベルのゾンビとたくさんの雑魚（ざこ）ゾンビが一気に湧（わ）いてくる。

『うわぁあ～油断したよぉおお！』

花咲さんが絶叫しながら銃弾をあちこちに飛ばしてゾンビたちを消していく。けれども、消えた分を補充するようにして次々とゾンビたちは湧いてきた。どうやら中ボスゾンビを倒さない限り永遠に湧いてくる仕様になっているらしい。

「花咲さん落ち着いて。たぶん、この一番強いやつを倒せば出られるから」

『血祭りだぁ～！』

「えぇぇぇ……」

花咲さんは聞く耳を持たず、出てくるゾンビたちをとにかく仕留めていった。

「でも好きだなぁ」

『えっ？』

ショットガンの銃声がぴたりと止む。僕は襲い掛かるゾンビのことも忘れて、猫耳姿のアバターを見つめた。

こうして二人でゲームをする時間が、やっぱり楽しくて好きだ。

しかも相手は花咲さん。どんなにバイオレンスな一面を持っていても、リアルのゲーム仲間がいて、それがあの笑顔の天使だという事実がたまらなく嬉しかった。

しかし、今その話を持ち出して花咲さんの邪魔をするのはやめておこう。

「ううん、何でもない。その調子で頑張って」

『え、あっ、うん！　言われなくても頑張っちゃうよぉ！』

何となく動揺したような言い方に聞こえたが、プレイしながらだったからかもしれない。

そしてすぐにまたバイオレント花咲さんが降臨された。

『おらおらぁ～！』

そうこうしている内に花咲さんの興奮は最高潮にまで達する。

『ああもう暑くなってきたぁ～！』

――ガサゴソッ
スマホから衣擦(きぬず)れらしき音が聞こえてきた。

「ねえ花咲さん？　まさか服脱いだりしてないよね？」

『およ？　テレビ電話に切り替えて確認してみる？』

「え、遠慮するよっ」

『きゃははははっ』

興奮した花咲さんにからかわれつつも、僕も花咲さんに負けじと中ボスゾンビに着実にダメージを与えていく。

そしてどうにか中ボスゾンビを倒すことができ、一斉に雑魚(ざこ)ゾンビたちが引き上げていった。さらに、ガチャリと音が鳴って部屋のドアが開き、画面には特別なアイテムを入手したことが表示された。

『すごい、全部倒したよ！　やったね天野(あまの)くん！　ビ、ビ、ビグ、ジョ、ジョブ！』

「おつかれ……ん、今ビグジョブって言った？」

『あ、うん。言ったけど……』

花咲さんが言った〝ビグジョブ〟という言葉を僕は以前にも聞いたことがあった。

それはアカネが口にしていた言葉である。

ということは、やはり花咲さんがアカネなのだろうか……!?

僕の問いですっかり興奮が冷めてしまったのか、花咲さんが言い訳をするように説明する。

『あ、ビグジョブってね、ゾンビワールド・オンラインの中で流行ってる言葉なんだ。グッジョブとか大丈夫って意味があるみたいだよ』

「へ、へえ、そうだったんだー……」

なんだ、そうだったのか。じゃあ、その言葉は花咲さんに限らず大勢の人間が使っている言葉ということになる。これだけで判断するのは早計だろう。

だけど、アカネ候補は林檎か花咲さんのどちらかしかいないのだ。ともすれば、花咲さんがアカネである可能性はぐんと高まったと言える。

もし花咲さんがアカネなら、なぜそのことを僕に明かしてくれないのかは疑問だが、きっとそこには何かしらの理由があるのだろう。

『どこかで聞いたことがあったの？』

「う、うん、ちょっと知り合いが使ってて」

『もしかしてその人って、彼女さんのふりをしている子？』

花咲さんが興味津々といったように訊ねてきた。

「ああ……うん、そう。アカネだよ」

『そっか、じゃあアカネさんも同じゲームをやってるのかもね。いつか一緒にできたらいいな！』

「ははは……」

それが君かもしれないんだけど……。

いっそのこと、今ここで真実を確かめてしまおうか。

いや、今は花咲さんとの楽しいゲームの時間に水を差すような真似をしたくない。

僕は気を取り直して花咲さんとのゲームに専念することにした。

『よぉし天野くん！　この調子でどんどんいくよぉ！　今夜は寝かせないぜ～！』

高らかな宣言通り、興奮した花咲さんはなかなかゲームをやめさせてくれなかった。

そうして日を跨ぎ丑三つ時が過ぎ、結局最後は、二人とも寝落ちという形で終わりを迎えたのだった。

◇◇◇

「……という感じで順調に仕事に取り掛かってるけれど、何か気になることはあるかしら？」

ホワイトボードに書き込んでいた林檎が、振り返りざまにそう訊いてきた。

花咲さんと夜にゲームをした翌日の月曜の昼休み。早めに昼食を済ませた僕と林檎、花咲さんは生徒会室で合唱コンクールの計画に関する会議を開いていた。

しかし、僕と花咲さんはほぼ徹夜だったため半分眠った状態で会議に出席している。

「ねえ二人とも、聞いてるの？」

うつらうつらとしている僕らを見かねて、林檎がジト目で苛立った声を上げた。

「「あっうん！　聞いてるよ！」」

僕と花咲さんは声を揃えてそう返した。

実のところ全く聞いてなかったが、そう言うと林檎に怒られそうだ。それどころか、実は昨晩二人してゲームしていて寝不足なんです、なんて言ったら鬼のように角を生やして雷を落とすに違いない。それだけは御免だ。

「どうしたの？　二人とも今日はすごく眠そうよ？」

林檎が今度は少し心配混じりに訊いてきた。

花咲さんが眠たそうな目を擦りながら事情を説明する。

「あー、それはね林檎ちゃん。わたしが天野くんをなかなか眠らせなかったから――」

「はなさきさぁあああん!!」

まずいんだけど、花咲さんの今の言い方だと絶対変な誤解を受けそうなんだけど！

「ね、寝かせなかったってどういうことよっ！　まさかあんた、犬の分際でこころとそんな関係になってんじゃないでしょうね……っ!?」

予想通り、顔を赤くした林檎が早口で詮索してきた。

ここは僕がうまく説明してみせる。

「いやね林檎、昨晩は花咲さんから勉強を教えてって連絡が来てね。それで通話をしながらいっしょに勉強をしてたんだ……」

「なんだ、そうだったの」

林檎は納得したように息を吐いた。

よかった、うまくいったようだ。

しかし、安心する暇もなく、花咲さんが爆弾発言を投下する。

「なかなか激しかったよねぇ」

「難しかったの間違いだよねぇぇえきっとっ！」

「わたしすごく興奮していっぱい動いちゃったけど、天野くん大変じゃなかった？」

「動いちゃったって何のことかなぁ!!　僕らはただ勉強をしてただけだよねぇ！」

さすがに動揺を見せすぎた。

恐る恐る林檎に顔を向けると、彼女は腕組みをして小さな虫くらいなら射殺せそうなほど鋭い眼光で睨んできていた。

「天野」

背筋が凍り付くような声だった。僕は掠れた声で返事をする。

「はい……」

「本当は何をしていたの？」

ここで変に隠そうとすれば、余計に自分を追い込むことになってしまうだろう。もう洗いざらい正直に話そう。

「花咲さんと夜遅くまでずっとゲームをしていました」

「通話しながら？」

「はい……」

「なんだ……そうなのね」

なぜだか林檎はほっと胸を撫でおろしていた。

どうして林檎が安心するのだろう。だが、理由を問う前に林檎がムスッとした顔で口を開いた。

「でもどうして勉強してたなんて嘘吐いたの？」

「その……怒られると思って。そのせいで今の話し合いにも集中できてなかったわけだし」

「嘘吐いた方が怒るに決まってるでしょっ」

林檎は少々語気を強めてそう言い、それから呆れたようにため息を吐いた。

「それにしても二人とも、いつの間にやら随分と仲良くなってたのね？」

「そ、そうかな」

「そうよ。夜遅くまで通話だなんて羨ましー――じゃなくて、ふしだらだわ」

「今なんで羨ましいって言いかけたの⁉」

「わ、私だってたくさん遊びたいってことよ！　こ、こころと！」

僕の指摘に林檎は顔が真っ赤になった。

「わぁあ林檎ちゃん嬉しいよぉ～！　いっぱい遊ぼ～」

花咲さんはホワイトボードまでよたよたと歩いていき、林檎に抱き着こうとした。しかし林檎は全力で嫌がる。

「離れなさいこころっ！　あなたは天野とでも遊んでなさい！」

「えー！　今いっしょに遊びたいって言ってくれたのに～！」

「とにかく仕事の話を続けるわよ。あと一〇分でいいから集中しなさい」

花咲さんを突き放した林檎が仕切り直すようにそう言い、僕らを睨む。

「あと今後は、仕事に支障が出るようだったらゲームは禁止よ。いいわね？」

花咲さんは心底不満だったようで早々に駄々をこねる。

「えー、厳しいよ林檎ちゃん」

「当然でしょ。私たちは生徒の手本となる生徒会役員なのだから。はい、分かったら返事」

「はぁ～い」

林檎は冷たい目で僕を見る。

「天野も分かったかしら？」

「分かったよ」

林檎に負担をかけるわけにもいかない。ちゃんとしなくては。

その後も僕らは昼休み中会議をし、午後の授業を終えて放課後の生徒会に参加する。

そうしていつもの学校生活を終えて家に帰ると、僕はアカネとやり取りをするためにツインクラーを開いた。

しかし、ちょうど夕飯時だったからかアカネにメッセージを送ってもなかなか既読のマークが付かない。仕方がなく、タイムラインを見たり仲の良いフォロワーにメッセージを送ったりして時間を潰した。

そういえば、花咲さんのアカウントはその後どうなったのだろう。

ツインクラーの機能や同じ趣味の仲間を見つける方法について教えたからちょっと気になったのだ。

僕は花咲さんのアカウントを開いてみる。

プロフィール文章に最近プレイしているゲームや好きなゲームの情報が加わっていた。プロフィール画面の背景もZWオンラインのフリー背景画像を張り付けていくらか華やかな外見となっているようだ。

「お、フォロワーすごい増えてる」

花咲さんのフォロワーは五〇人ほどになっていた。あれからまだ数日しか経っていないが結構なペースで増やしたようである。

「投稿もいっぱいしてるんだ」

主にゲームの進捗状況やアイテムゲットの情報を投稿しているようだが、時々学校でのことも上げているようである。何気なく最新の投稿を見てみる。

ココ　【最近毎日興奮が止まらないよぉ～！(≧▽≦)　だってずっと探してた特別な人をついに見つけられたんだもん！　毎週末の夜は彼と……うふふ(*´ω`*)】

「これは……!?」

この文章、僕以外の人間が見れば絶対に変な誤解をするに違いない。

【え、ココちゃん彼氏できたの!?】【ココちゃんに魔の手が!!】【俺はそれでもココちゃんを応援するから！】

コメントを覗いてみれば、やはり思った通りだった。

短期間でこんなにもフォロワーとの仲を深めていたのはすごいが、また明日彼女には投稿内容について気を付けるように言っておかなければ。

まあ、そういったうっかりさんなところも、〝ウォーカー君〟が写っている写真を知らずに投稿してしまったアカネっぽい。

ここ数日のことを踏まえてもアカネは花咲さんで間違いないと思う。

あとは確証が得られたところで、僕も自分の正体を明かそう。

そうすれば、晴れてアカネとリアルで会うことができる。いつか来るかもしれないそんな日が今から楽しみだ。

「……ん？」

そう思いながらタイムラインを流し見していた時だった。

投稿の一覧の中に時々現れる〝知り合いかも？〟という欄。住んでいる地域や投稿内容から気が合いそうなアカウントを自動でピックアップしてくれるところに、見覚えのある画像をアイコンにしている人がいた。

「これって……ウォーカー君……？」

それは花咲さんがくれた例のぬいぐるみだった。

アカウントネームは〝シロウサギ〟。

少なくとも僕ではないから、林檎か花咲さんのどちらかのアカウントになるのだが……。

「これは林檎のアカウントだ……」

花咲さんのアカウントではない。その確信があった。

それは、アカウントの登録日。

二年前の六月七日。一見すれば何の変哲もない日付だが、僕にとっては忘れがたい日付の翌日だった。

その一日前の六月六日、僕はツインクラーで仲の良かった女の子とオフ会をした。ツインクラーで初めて全く同じ趣味の人に出会い、初めてオフ会をし、初めてあんなにも異性を好きになった経験。

しかし、僕らはそのオフ会で大喧嘩をし、それ以来顔を合わせればいがみ合う関係となってしまった。

そう、その相手というのが同じ生徒会で副会長を務める月見里林檎なのである。

第三話『#ツンドラプリンセス　#ネトデレ』

二年前、それは僕が中学校三年生の時の話。

その頃の僕にはツインクラーで仲の良い女の子がいた。名前は〝リンゴ〟。一年くらい前にツインクラーで出会い、共通のアニメやゲームが好きだったこともありすぐに親しくなった子である。年齢は僕と同じくらいで、住んでいるところも近いらしい。

そんな彼女ともっとたくさん喋ったり、一緒にゲームをしてみたりしたいと思った僕は、彼女をオフ会に誘うことを決心した。

漆星《あの、リンゴ》
リンゴ《うん？　どうしたの？》

ダイレクトメッセージを送るとすぐに返事が来た。

ここまできて気が付いたが、これは女の子をデートに誘うようなものなのだ。そう思うと途端に緊張してきたが、頑張ろう。リンゴに会って、彼女をもっとよく知りたいから。

手汗でべとべとする指でスマホのキーボードをタップして言葉を綴った。

漆　星《まるで出会い厨みたいなこと言うけど、決してふざけているわけでもなくて至って真面目なんだけど……あ、そんな真面目な話でもないから気軽に聞いてほしいんだけどね。でも、もしかしたらリンゴにとっては気軽な話にならないかもなんだけど》

リンゴ《もう～w　いいからストレートに言って》

漆　星《あの、えっと、オフ会しませんか？》

「どうしよう送っちゃった送っちゃった！」

僕は自室のベッドの上で活きのいい魚のように暴れた。

送った瞬間に既読が付いた。もうあとはリンゴの返事を待つだけだ。

鼓動が加速し続けて落ち着かない。リンゴが入力しているアイコンが表示されるが、いつ返事が来るかドキドキして見ていられず、スマホの画面を暗くして枕に顔を突っ込んだ。

間もなくしてスマホがバイブする音が聞こえてくる。恐らくリンゴから返信が来たのだ。

僕は仰向けになり、スマホの画面を明るくして顔の前にかざした。しかし、怖くてつい目を瞑ってしまう。

いや、大丈夫。きっとリンゴならばオッケーしてくれるはずだ。

ゆっくり深呼吸をしながら瞼を開き、リンゴからのメッセージを見た。

リンゴ《いいよ》

「よっしゃぁあああああああああ！」

気付けばベッドの上に立ち上がり、スマホを持った腕を高く突き上げて叫んでいた。
嬉しい。嬉しすぎた。気になっていた女の子との恋路が始まる予感がしたのだ。
しばらく喜びに浸ってベッドの上で暴れた後、早く返信しなきゃとスマホのキーボードをタップする。

漆星《ほんとに？　ほんとにいいの!?》
リンゴ《じゃあ嘘ってことにしちゃうよ？》
漆星《ああ待って待って！》
リンゴ《うふふ、冗談だって(*^▽^*)　わたしも漆星とはちゃんと顔を合わせて好きなことの話とかしたいなって思ってたから》
漆星《ありがとう！　ほんとにありがとう！》

その時の僕は、リンゴとのことを考えると、これからに期待せずにはいられなかった。

それが最悪のオフ会になるとは知らずに……。


オフ会当日。僕らは隣町の駅前デパート最上階にあるカフェで待ち合わせをした。

しかし、僕は緊張のあまり約束の一時間前には到着してしまい、窓際の席に座って外の景色を眺めながらリンゴを待っていた。

ふと腕時計を見れば、もうすぐ待ち合わせの時間。

ああ、どんどんドキドキしてきた……！

昨晩もその前の晩も緊張のせいでほぼ徹夜だったのに、今もドキドキしすぎて全く眠くない。その上、今になって色々なことが不安になってきた。

待ち合わせ場所はこんなところで良かったのか、オフ会なんだから他の人も呼ぶべきだったかも、そもそもオフ会なんて提案して迷惑じゃなかったかな。

そんな不安が頭の中で渦巻いていてどうしようもなくなった時、店内に一人の少女が入ってくる姿が目に入った。

中高生くらいでオシャレな服を身に纏っている。それにすごく可愛い子だ。

彼女は入り口の店員と一言二言やり取りをし、店員が僕の方を指し示すと、こちらへ向かって歩いてきた。

僕は思わず顔を伏せ、気付いていないふりをする。けれども、たぶん彼女がリンゴだ。

ああ、ついにリンゴに会える。リンゴと会うんだ！

店内のＢＧＭが掻き消されるほど心臓の音がうるさくなった。

彼女がこのテーブルに来るまでのほんの数秒がとても長く感じられる。

「あの」

細い少女の声で呼びかけられ、僕は顔を上げる。

そこには、先程入り口で店員と会話していた女の子が立っていた。年はやはり僕と同じくらい、目が大きく真ん丸で鼻がスッと通っており、整った顔立ちをしている。明るい髪色のボブカットは暗い店内でもキラキラと輝きを放っていた。

やばい、近くで見ると尚更美少女だ。何か言わなきゃ。でもうまく言葉が出てこない。

「漆星さん」

親しげに名前を呼んできた。しかし、〝漆星〟という名で呼んできたということは彼女がリンゴで間違いないようである。

「えっと、それじゃあ君がリンゴさん？」

「はい」

リンゴが微笑んで、白く細い手を右肩に掛けたショルダーバッグに持っていく。

わぁ、笑顔もすごく可愛い。それに服もすごく似合ってるし。

上は白いブラウスに紺色の長袖カーディガン、下は膝が隠れるくらいのスカートに紺色のヒール。

僕はワイシャツと上着、ジーンズで来てしまったけれど、この恰好変じゃないだろうか。

あまりの美少女を前にしたことと自分の服に対する不安から、またも僕はすっかり言葉を発せなくなってしまった。

そんな僕に、リンゴはちょっと緊張気味に笑う。

「よかった。えっと漆星さん、よろしくお願いします」

「えと、こちらこそどうも」

僕は咄嗟に立ち上がり、お互いに頭を下げ合う。

「ぷっ」

リンゴがお辞儀をしたままの姿勢で突然吹き出した。

何かおかしなことしちゃったかな……？

僕が自分の言動を思い返していると、リンゴが苦笑した。

「なんか変じゃないかしら？」

「えっと……何が？」

「だってつい昨日までツインクラーではため口だったのよ？」

確かに、現実では初対面とはいえ、僕らはネットの中で知り合ってもう一年以上やり取りを続けている。今更かしこまった話し方は合わない。

そうだ、僕が今目の前にしているのはとんでもない美少女だが、毎日話をしているリンゴなんだ。そう思うとなんだか落ち着いてきた。

「そうだね。じゃあ、いつも通りでいこうか？」

「そうしましょ」

「改めてよろしく、リンゴ」

「ええ、よろしく漆星」

僕らは顔を見合わせて笑った。

よかったぁ、最初の印象は悪くない気がする。リンゴとはリアルでも仲良くなれそうな予感がした。

それからしばらく、僕らは二人掛けの席に向かい合って座り、時間が経つのも忘れて談笑した。

「にしても漆星ったら早く来たわね？」

「ち、ちがっ！　僕だって直前に来たんだよ！」

「その割にはお店に入っていく姿も見えなかったけど？」

「家からワープして来たからねっ！」

「わー懐かしい。去年の中二病だった頃の漆星(うるぼし)みたいな発言ね～」

「あれは忘れてください……」

僕らは普段ネットでやり取りをしていることも話した。

「というわけでリンゴ、今期アニメの中ではあれが一番オススメなんだって」

「えー、そう言っていつも勧めてくるけど、正直毎回微妙よ？」

「今度のは本当に面白いんだって」

「ふん、そこまで言うなら見てあげてもいいけど」

「うん、見て見て！」

その時間はツインクラーでメッセージのやり取りをする時よりも、相手の表情や感情がよく見えて楽しかった。

しかし、楽しい時間は唐突に終わりを迎える。

「え、待って、リンゴって篠洲東(しのすひがし)中なの？」

それは、お互いの学校の話になった時だった。

なんと二人とも同じ中学校に在籍していることが分かったのである。

「そうだけれど」

「学年は？」

「三年よ」

「同じだ！　僕も篠洲東中三年なんだ。すごい偶然だね！」

「え……」

僕は嬉しくてたまらなかった。

ネットで知り合った女の子が実は身近なところにいたのだ。これなら、これから毎日だって顔を合わせることができるし、好きなだけ話をすることができる。そう思うと明日からの学校生活が一気に楽しみになった。

それなのにリンゴはなぜだかちょっとショックを受けたように固まってしまっていた。視線を下に向け、胸に手を当てて訊いてくる。

「ねえ、漆星は私のこと知らなかったの？」

「あ、うん、ごめんね。うちの中学って結構生徒多いし、それに話したことなかったから」

「話したことあるわよバカ……」

リンゴはぼそっと何か呟き、顔を上げて僕をキッと睨む。

「私の名前は月見里林檎。ツキミザトって書いてヤマナシ。クラスは一組よ」

そういえば本名での自己紹介はまだだった。同じ学校だったら教えなければ。

リンゴ……林檎の態度がとげとげしくなったように感じるのが気掛かりだが、僕は急いで自己紹介をしようとする。

「えっと、僕は……」

「知ってるわよ。天野隆盛、クラスは五組よね」

だが、林檎に遮られてしまった。その口調はやはり怒っているように感じる。

「す、すごいね。リンゴは僕のこと知ってたんだ」

「当然でしょ。話をしていれば誰だって同じ中学だってことくらい気付くわ。あとは一度話した時に気付いた、この人が漆星だって！」

「気付いてたの……!?」

「私は裏アカのつもりじゃなかったのに、気付いてなかったあなたにはほんと呆れたわ。リアルの私も知ってて今日会おうって言ってくれたと思ったのに……」

「ご、ごめん……」

気付かなかったのは本当に申し訳ないと思う。けれど、僕は二次元への興味ばかりであまりリアルに目を向けてこなかった。気付かなかったのは、ある意味当然かもしれない。

最悪の空気となり、二人とも何も喋らずただ沈黙だけがその場を支配した。

そろそろ何か言わなきゃ。もう一度ちゃんと謝らなきゃと思った時、林檎が目を合わせず、髪を弄りながら素っ気なく言う。

「……私、本当はそんなにアニメもゲームも好きじゃないのよ。ネットの人に好かれようと思って適当に合わせてただけ。だからその話をするのは面倒なの」

「そんな……どうして」

「言ったでしょ。ネットの人に好かれようと思ってやってたの。イケメンが釣れるかなって思って。でもあんたみたいなのが釣れちゃってとんだ時間の無駄だったわ」

「なんだとっ」

思わぬ林檎の発言にショックを通り越して腹が立つ。

僕は怒りの感情が制御できなくなり、椅子が倒れそうな勢いで立ち上がり声を荒らげる。

「何がイケメンだ！　性格破綻してるリンゴなんかとイケメンが付き合ってくれるわけないよ！」

「なんですってっ」

林檎も眉を吊り上げて立ち上がった。

「もう絶交だ、リンゴ。いや月見里林檎」

「私だってもうあんたのことなんか知らないわ、天野！」

そう言い残し、林檎は早足でカフェを立ち去って行った。

これが中学時代に僕と林檎の間にあった出来事。僕の初恋と失恋の物語である。

これ以降僕らは仲が悪くなり、ネットでは全く繋がりがなくなって、現実では顔を合わせれば喧嘩ばかりの日々を送ってきた。

ネットで仲良くなった相手でもリアルで会えばそれが壊れてしまうかもしれない。所詮現実とはそういうものだと、僕は学んだのだった。

◇◇◇

「まさかあの翌日にアカウントを作り直してたとは……林檎……」

昔の嫌な思い出が頭によぎり、僕は自室のベッドに寝転がって、林檎のものと思われる〝シロウサギ〟というアカウントを眺めていた。

「お、これが最初の投稿かな」

シロウサギ【最低男とちょっとケンカしたのをきっかけに新アカを作りました(๑-`ε-)
よろしくお願いします】

「間違いない。やっぱりこれは林檎のだ……」

一番初めの投稿は、これが林檎であると裏付けるような文面だった。

フォローは四〇〇人なのに対しフォロワーは一六〇〇人ほど。なかなかの人気アカウントのようである。

しかし、リアル情報はほとんどプロフィールになく、フォロワーとの絡みを見てもリアルの人間関係は全く見えない。

「なるほど、裏アカなのか」

中学校時代はリアアカだったから、彼女の裏アカを見るのは初めてということになる。

裏アカには現実では見せないような本音が書かれたりするものだから、勝手に見るのはあまり褒められたことではない。

でもいつもあんなに酷い扱いを受けているし、少しくらい覗いても許されるよね……？

ちらりと新しい投稿を見ると、別の人の〝男子にされたらきゅんとくる行動〟というイラスト付きの投稿を拡散し、【これわかる！　きゅんきゅんしちゃう！】と反応していた。

「うわぁ……」

思わず僕は呆れの声を漏らしていた。

あの絶対零度のツンドラプリンセスさまが、きゅんきゅんしちゃうって……。

このアカウントは乙女成分二十割増しくらいでやってるのかな。

えーと、他にはどんなこと投稿しているのだろう。

シロウサギ【きゃー今日も学校でR君カッコよかった～！(≧▽≦)】

「へえ林檎、R君とかいう好きな男子がいるんだ。R君……R君……ああ、竜胆とかいう人気者のイケメンが同じ学年にいた気がする……って、これ以上は見ちゃいけないよね」

いくら嫌いな相手だからといってプライベートをこれ以上覗き見しては悪い気がする。

僕はすぐさま林檎のアカウントを閉じようとした。

しかし林檎が拡散した〝男子にされたらきゅんとくる行動〟という投稿に目が留まる。

「いや待て、これは使えるかもしれない……」

そこには、それぞれきゅんとくる男子の行動が描かれた四枚のイラストが。

これを使えば、林檎に虐げられる日々から脱することができるかもしれない。

「そうだ……！」

僕はある作戦を思いつき、明日さっそく実践してみることにした。


翌日の昼休み、僕はもはや日課となった林檎のパシリで、購買にパンや飲み物を買いに行って教室へと戻ってきた。

「買ってきたよー……」

「遅いわ。もうちょっと早く買ってこれないのかしら？」

林檎は自分の席で弁当を食べながら偉そうにそんなことを言った。

相変わらず腹の立つやつである。

「人に行かせといて……」

「何か言った？」

「何にも言ってないよ。それより花咲さんは？」

いつもは林檎と机を合わせて花咲さんが座っているのだが、今日は姿が見えなかった。

「今手を洗いに行ったところよ」

「そっか」

「ね、ねえ天野」

急に林檎が改まった態度で上目遣いになった。

「購買まで行って疲れたでしょ。ちょっと休んでいったら？」

「いや、さすがにそこまで疲れては……」

断ろうとしてやめた。花咲さんもいないし、ここで林檎と二人だけの状況になれば、昨日思いついた作戦を実行するチャンスも得られるかもしれない。

「……あー、やっぱり休んでいくよ」

「ど、どうしたの、今日の天野はやけに素直じゃない？」

「そっちこそ今日はやけに優しい気がするよ？」

「そ、そんなことないわよっ。べ、別にこれといって理由はないわ！」

やはり今日の林檎の様子はちょっとおかしい。だがそのことを訊いても答えてくれそうもないし、今は好都合だ。僕は近くの空いてる席から椅子を引っ張ってきて座った。

すると林檎はそんな僕の姿を見て、何か決心したように頷いて椅子ごと僕の真横まで移動してきた。

「え、ちょっと林檎……っ!?」

「ふ、ふん、どうしたのよ、天野？　そんなに焦って」

「どうしたもこうしたも、どうして隣に来るの!?」

言っている最中も、彼女は椅子をズズッと引きずって僕の隣にぴったりと付けた。

若干、腿と腿が触れ合う。わずかながらも彼女の温もりや柔らかさが伝わってきて、僕の心臓は飛び上がった。どうしようもなく鼓動が加速する。

って、林檎相手に何緊張しているんだ、僕は！

「ど、どうして寄せるのっ!?　みんな見てるよ！」

「えと、その、天野は滑舌悪いからこれくらい近付かないと言葉を聞き取れないのよっ」

「いつもは聞き取れてるじゃん！」

それに、色々な意味で僕の心臓がもたない。こうなったらこっちから離れるしかない。

僕は自分の椅子を引きずって拳一つ分ほど林檎から離れた。

「まったくどうしていきなりこんなことを……」

「え、何？　何か言ったかしら？」

「たったこれだけの距離で!?」

し、仕方ない。このままではちゃんと話ができないかもしれないし。これは会話を円滑に行うためだからね。

僕は林檎の隣にぴったりくっついて座る。

再度、彼女と肘や腿が触れ合い、その感触と温もりが伝わってきた。

それにしても林檎、どうしていきなりこんなことをしだしたのだろう。もしかして、こうしておどおどする僕を見て心の中で楽しんでいるのではないか。

けれど、ならばちょうどいい。さっそく作戦を実行させてもらおう。

「それにしてもまた林檎はたくさん食べるね」

「うるさいわね」

林檎が箸を咥えたまま口を尖らせた。

「えっと、それ全部食べたら太っちゃうね」

「何？　喧嘩売ってるの？」

一時も間を置かずして、突き刺すような眼差しを向けてくる。

「違う違う！　僕が言いたいのはそうじゃなくて、その……」

「早く言わないと喧嘩買うわよ、いいの？」

ああもう、恥ずかしいが仕方ない。もっと直接言ってやろう。

「お、美味しそうだし一口分けてよ！」

僕はそう言って、あーん、と口を開けた。

「なっ⁉　ちょっと天野、何してんのよっ」

「な、何って？　いいから早く食べさせてよ」

緊張で若干声が裏返ったが、どうやら林檎は気付かなかったようだ。

林檎は教室の視線を気にする素振りを見せた。

「みんな見てる前でそんなことできるわけないでしょっ」

「え、ちょっと待って、じゃっ、じゃあ誰も見てなきゃいいの？」

「そ、そういうわけじゃっ！」

林檎は顔を赤くして見るからに慌てていた。

無理もない。これは〝男子にされたらきゅんとくる行動〟の一つ目——男子から一口ちょうだいとおねだりされる行動である。つい昨日自分がきゅんとすると思った行動が、犬である僕なんかにされたのだ。羞恥と怒りで頭がいっぱいになっているに違いない。

このように屈辱を味わえば、おのずと僕との距離を取るようになり、虐げる回数も減っていくだろう。これこそが僕の作戦なのである。

さっきから林檎は口をもごもごさせながら赤面している。最初の作戦は僕の思惑通り大成功のようである。

まあ、僕の方も顔が焼けそうなくらい熱くてやばいんですけどね！

「あ、天野……あ、あ」

「あれあれ、二人とも仲良さそうに何してるの？」

林檎が震えながら何かを言いかけたところで花咲さんが帰ってきた。

まずい！　花咲さん、いやアカネに僕らの関係を誤解されては元も子もない。僕は慌てて林檎との距離を空け、何事もなかったかのように振る舞う。

「うぉ、おかえり花咲さん……っ！　別になーんにもしてないよっ」

「え～怪しいな～」

花咲さんは妙に高い声で疑いながら、林檎の一つ前の席へと腰を下ろした。

明らかに面白がっている。話題を逸らさないと。

「ほんとに何もないってばっ！　あーっと、ねえそれより、今日ZWオンラインのアップデートだね！」

「そうそう！　どんな感じになるのかもうずっと楽しみで！」

うわ、近い近いっ！

花咲さんが目をキラキラとさせて身を乗り出してきた。彼女の可愛らしい顔が目の前にきてドキドキする。

しかし、不意に花咲さんは何かを疑問に思ったように林檎を見る。

「およ、どうしたの林檎ちゃん？　なんか元気ないよ。それに顔も真っ赤だし。もしかして熱があるんじゃ……」

「そ、そんなんじゃないから。大丈夫よ、こころ」

「ほんとに？」

「本当よ、大丈夫だから」

「うーん、ならいいんだけど」

花咲(はなさき)さんはまだちょっと林檎(りんご)のことが気になるようだったが、これ以上詮索(せんさく)しても教えてもらえないと思ったのか僕との会話を再開した。

それから結局、昼休みが終わるまで林檎はずっと大人しかった。僕を虐(しいた)げることもなく、衝突をすることもなく平和な時間を過ごすことができたのである。どうやら僕の作戦は、予想を超えて大成功だったようだ。

その晩、林檎のアカウントをチェックすると新たな投稿があった。


シロウサギ【まったくもう今日は本当に恥ずかしいことがあったわ、まったくもう！】

どうやら作戦は思い通りにいっているようだ。この調子で続けていこう。

翌日、生徒会の時間に僕と林檎は、鳥田先輩に頼まれた資料を取りに資料室へと向かっていた。

「鳥田先輩もたくさん頼んだなぁ……」

僕は鳥田先輩から渡されたメモを見ながらぼやいた。

「天野が三〇秒で全部揃えて」

「これまた無理をおっしゃる。リストを半分ずつでいいでしょ」

「ふん、まあそれで許してあげるわ」

林檎との雑用は面倒だけど、せっかく二人きりになれたわけだし、隙あらばいつでも〝男子にされたらきゅんとくる行動〟をやってやる。

そんな企みを抱きつつ僕は廊下を歩いた。

資料室に着くと、僕たちはそれぞれ資料を捜しにかかった。

生徒会室と同じくらいの広さの部屋に、ぎっしりと学校関係資料が詰まった棚が三列並んでいる。これはなかなか大変そうだ……。

すぐに僕らはあちこちに行きながら資料を集め始めた。

「よし、こんなものかな」

二〇分くらいして、ようやく僕は自分の持ち分の資料をすべて集め終えた。床に積み重ねた資料は、意外にも薄いファイルばかりでそんなに多くはない。

「これなら林檎(りんご)の分も僕一人で持っていけるか……あっ」

　そこで気が付いた。資料集めに熱中しすぎたせいで、まだ何も林檎に仕掛けていないことに。

　林檎の方も集め終わってしまっているだろうか。それなら手伝いがてら何か仕掛けられたらいいのだが。

　僕は資料室の奥の方へと彼女を探しに行った。

「うーん……うー」

　資料室の一番奥で、林檎は背伸びをして棚の最上段にあるファイルを取ろうとしていた。しかしどうやら、女子の平均よりやや小さめな彼女では、最上段には僅(わず)かに背が足りないようである。

　よし、チャンスだ。

「ほい」

　僕は彼女の背後から近付き、そのファイルを代わりに取った。その際に若干体が触れてしまったけど、ぎりぎりセクハラではないよね。

　僕は一歩離れて、振り向いた林檎に問いかける。

「これで最後？」

「……」

「林檎（りんご）？」

林檎はぼーっとしたように僕の顔を見つめていた。その頬（ほお）は少しだけ赤い。

〝男子にされたらきゅんとくる行動〟の二番目にあった——高い所にあって取れない物を取ってくれるってやつだ。

きっと今頃林檎は身いっぱいに屈辱（くつじょく）を味わっているに違いない。もしかしたら罵声（ばせい）が飛んでくるかもしれない。だが、彼女は意外な言葉を口にする。

「…………がと」

「ん？」

「ありがと……って言ったの」

「お、うん」

林檎が、僕にお礼を言った……!?

それも頬を赤らめて恥ずかしそうに目を伏せて、何ともしおらしい態度で。

その仕草は林檎の外見的魅力を倍増させていて、ついつい見とれてしまった。

え、ていうかあれ、もしかして林檎、怒ってない？　僕なんかにきゅんとくる行動をされたのに。単純に届かなくて困ってたからかな？　いや、でも、あのトゲトゲ林檎だぞ？

そんな林檎が僕にお礼を言うなんて。

それになぜだろう。さっき林檎に触れた胸の部分が熱くて仕方ない。林檎も僕もどうしちゃったんだ、一体……！

その日の夜に林檎のツインクラーを確認すると、彼女が怒らなかった理由が何となく分かった気がした。

シロウサギ【ただいま～】

【なんと今日もR君にきゅんとくることをされちゃいました～！　でもわたしの態度おかしくなかったかな。ちょっとふあん～(-ε-)】

なるほど、またもや竜胆に何かしてもらったから、僕に屈辱的なことをされても怒らなかったわけだ。つまり偶然にも彼女は今日とっても機嫌がいい日だったのである。これで合点がいった。

R君のせいで印象が薄れてしまっているかもしれないが、確実に林檎に虐げられる回数が減ってきている気がする。効果は現れているのだ。もう少し作戦を続けてみよう。

「そうすればまた林檎のあんな顔が見られるし……」

ふと脳裏に今日林檎がお礼を言った時の顔が浮かぶ。

「……って、違う違う。それが目的じゃない！　林檎から離れるためにやっているんだ！」

僕は頭を振って林檎の顔を忘れようとした。

「それにしても竜胆、ちょっとだけ羨ましいな……」

翌日の放課後、僕は生徒会室へと向かっていた。

すると階段に差し掛かろうとしたところで、近くの教室から段ボールを抱えた女子生徒がよたよたと出てくる。口元まで段ボールに隠れて見えないが、明るい髪色のボブカットからすぐに林檎だと分かった。どうやら彼女は段ボールのせいでほぼ前が見えていないようだ。

「おーい、林檎、手伝おっ……」

呼びかけようとするも遅かった。林檎はそのまま階段に足を掛けようとしていたのだ。このままでは転げ落ちてしまうかもしれない。

僕は咄嗟に林檎に駆け寄り、彼女の手を引いた。

「林檎」「きゃっ」

しかし、林檎もいきなりのことに大きくよろけてしまい、段ボールの中のプリントをバタバタと落としてしまった。まんべんなく辺りの床にプリントが散らばった。

「わっごめん、強く引っ張りすぎた！」

「もう、おかげでプリント落っことしちゃったじゃないっ」

林檎が鋭い目で僕を一瞥して、プリントを拾うためにかがんだ。

僕も急いでプリントを拾いにかかる。

「ごめんねって。怪我とかはない？」

「え、たぶん大丈夫だけど……その、ごめんなさい。私も不注意だったかも」

あれ、今日の林檎、やけに素直だ。

僕はびっくりして手が止まり、林檎に目を遣ったが、彼女の背中しか見えなくて表情が窺えない。いつもと違ってなんだか調子が狂う。

僕は拾うのを再開してちょっとからかってやる。

「林檎でも謝れるんだね」

「どういう意味よ」

「いやたぶん僕、林檎に謝られたの初めてだから」

「別に謝ってないわけじゃないもの」

「え、そうなの？」

「いつも聞こえないように謝ってるわ」

「それ意味ないやつ！」

僕は辺りすべてのプリントを拾い終えた。林檎もあと一、二枚で完了のようだ。

かがんだままの林檎が持つプリントを僕は奪い取り、ついでに頭をポンポンとして立ち上がった。そしてプリントを段ボールに入れて抱え、階段を下りていく。

また落とされても嫌だし、僕が代わりに運ぼうと思ったのだ。

しかし、階段の踊り場まで来ても、林檎は動く気配が無かった。

「何してるの、行こうよ？」

「………」

また林檎は顔を少し赤らめて僕のことを見つめていた。

心ここにあらずといった様子でぼーっとしている。

「どうしたの？　行き先は生徒会室でいいんだよね？」

「そ、そうよ」

「じゃあ行くよ。それともやっぱりどこか痛い？」

「そんなんじゃないからっ。それより天野こそ、こんな親切にしてくれるなんてどういう風の吹き回しかしらね。それに、ポンポンなんて……」

林檎は頭のてっぺんを両手で触りながら僕の隣まで来た。やっぱり様子がおかしい。

それにポンポンって………あっ。

完全に無意識だったけど、さっき僕が林檎にやったのは〝男子にされたらきゅんとくる行動〟の三つ目——頭をポンポンとする、だ。

つまり僕は意図せずして最近行っていた作戦を実行していたのだ。

ま、まあ、何はともあれ、またもや作戦の効果はありかな……？

僕らは肩を並べて生徒会室を目指す。

「ま、まったく〜今日の林檎は変だな〜」

「変なのはどっちよ……最近ずっと」

隣を歩く林檎がぶつぶつと呟いていた。

確かに最近僕は林檎にいつもと違うことをしている。変だと思われるのも仕方ない。

けれどそこを追及されるのも嬉しくなかったので、僕は聞こえないふりをしたのだった。

その日の夜も林檎のツインクラーを確認した。

シロウサギ【ねえやばい！　今日はやばいっ本当にやばい！】
【R君が！　R君がすごく親切にしてくれたの！　もう王子様みたいだった！　あぁああ触られたところが熱く感じられて、心臓の鼓動がR君にも聞こえちゃうんじゃないかって怖かったよぉ〜。でも本当にきゅんきゅんしたぁ(੭ ˃ ω ˂)੭】

竜胆め、ここ数日の林檎の投稿を見る限り、彼女に脈ありなのは歴然じゃないか。

つまりは両想い……か。そうなのか。

……って、僕にはそんなこと関係ない！

作戦開始から三日目の今日で、なんだかんだ言いつつも林檎(りんご)からの虐(しいた)げはほとんど無くなった。いよいよ明日か明後日には作戦最終日となるだろう。そうしたら、もう林檎のアカウントのことは忘れ、見るのをやめにしよう。

しかし、その日を待たずして状況が動くこととなる。

ポロン、とアインの通知音が鳴り、アプリを開いてみる。

それは意外な人物からだった。

月見里(やまなし)『ねえちょっと頼みたいことがあるんだけど』

◇◇◇

トーク画面の一番上に『ねえちょっと頼みたいことがあるんだけど』というメッセージだけが表示されている。つまりこれは、林檎から送られてきた初個人アインというわけだ。

それにしても頼みたいことって何だろう。まさか、最近僕がやっているきゅんとくる行動に気付いて何か言ってこようとしているのだろうか。

若干の警戒心を持ちつつ、僕はとぼけるようなアインを返した。

天野(あまの)『喉(のど)が渇いた？　それともパン買ってこい？』

月見里『違うわよ！　あんた、VチューバーのAIシルフって知ってる？』


あれ、どうしてここでシルフの話が出てくるのだろう。

シルフとは、動画配信をするバーチャルキャラクター——いわゆるVチューバーであり、一部でアイドル的な人気を得ている人物だ。シルフ本人は自分のことをAIと言い張るが、明らかに言動や対応を見ると中の人がおり、その正体は現役女子高生なんて噂(うわさ)もある。

そんなシルフの動画は僕も好きでよく見ている。なぜシルフの話になったかは分からないが、ひとまず答えておこう。

天　野『もちろん。動画面白いから、たまに一気見してるよ』
月見里『ほんとに！　やっぱりシルフちゃん可愛(かわい)いわよね！ʒ(、6、ʒ)』
月見里『今日の動画見たかしら？　いつも通り編集も可愛さも神がかってたわよね！』
天　野『どこかの誰かさん。二年くらい前にアニメもゲームもそんなに好きじゃないとか言ってなかったっけ？』
月見里『なっ!?　Vチューバーは別よ！』

月見里『そんな昔のこと引っ張ってくるなんて本当にねちっこい性格（゜Д゜）』

天野『それはそうと、十日前のシルフちゃんの動画見たかしら？』

月見里『十日前ってどんなやつだっけ？』

天野『あんたそれでシルフちゃんが好きってよく言えたわね。動画を第一回から見直した方がいいわよ？』

そんなこと覚えている方がおかしい。

でもどうやら林檎は相当シルフのことが好きだと分かった。学校ではどこからどう見てもリア充な女子だというのに、意外な一面を持っているようだ。

月見里『イベントやるって告知したのよ』

天野『それで先日、イベントの詳細が発表されたのだけど、チケットの販売が来週月曜のお昼十三時からなの。でも、シルフちゃんの人気を考えれば……』

月見里『ネットの接続がしづらくなるだろうし。あっという間に売り切れるだろうね』

シルフの人気は業界内でも三本の指に入る。きっとイベントにはかなり多くのファンたちが参加したいと思うに違いない。

　そうとなれば、チケット確保は熾烈な争奪戦になるだろう。

天　野『ははー、林檎の頼みたいことってのが何か分かったよ。来週の昼にシルフのイベントチケットを一緒に買ってほしいってことだね？』

月見里『さすがは天野ね（｜ □ ｜）　そういう理解力だけ早くて助かったわ。それで、お願いできるかしら？』

　さて、どうしようか。シルフのイベントなら僕も行きたいし、そのまま引き受けてもいいんだけど、それではもったいない。

　そうだな、林檎のシルフへの愛を考えれば、一つ条件を出してもいけるかもしれない。

天　野『僕もそのイベント行きたいしいいよ。でも、一つだけ条件がある』

月見里『何かしら？　いやらしいの以外ならちょっとは聞いてあげなくもないわよ？』

天　野『林檎にそんなこと頼まないよ』

月見里『ねえちょっとそれどういう意味よ？』

　『他にそういうお願いをする相手でもいるってわけ？』

天　野『そんなわけないって！　僕にそういう相手いるわけないじゃん！』

月見里（やまなし）『ふん。そうよね、地味でオタクな天野（あまの）にそういう相手いるはずないものね』
『それで、条件って何？　一分以内に返信しないと聞き入れてあげないわよ』

なんて理不尽な、と思いつつ僕は急いで『そろそろ君の犬をやめさせてほしいんだ』と返信する。すると既読が付いて十分ほど経（た）ち、ようやく林檎（りんご）からメッセージが返ってきた。

月見里『……うぅ、仕方ないわね(-ω-)/　じゃあそろそろ勘弁してあげるわ』

「よっし！」

やった、ついに勝ち取ったんだ。これにはきっと、最近の作戦の効果もあったに違いない。

これで林檎に虐（しいた）げられる屈辱（くつじょく）から解放され、花咲（はなさき）さんと二人きりになれるタイミングが掴（つか）みやすくなる。花咲さんがアカネかどうか見極めやすくなるのだ。

喜ぶ僕のもとに、続いて林檎からメッセージが送られてきた。


月見里『そういうわけだから、来週月曜日の昼休みはすぐ生徒会室に集合！』

『こころには、その日だけ他の友達と食べてもらうように言っておくから』

天　野『りょうかーい』

林檎からアニメのイケメンキャラの〝ありがとう〟のスタンプが送られてきた。

「だからアニメもゲームもそんなに好きじゃなかったんじゃないの」

僕は苦笑いでツッコミを入れた。

何はともあれ、晴れて林檎の犬という立場から解放されたのだ。本当に良かった。

その日、僕は清々しい気分のまま眠りについたのだった。

翌週月曜日の昼休み。

僕は林檎に言われた通り、チャイムが鳴るなりすぐに生徒会室へと向かった。

購買や学食に向かう生徒たちを掻き分けて廊下を進んでどうにか着くと、そこにはすでに林檎がいてスマホ片手に一人で弁当を食べていた。

スマホはいくつか星が描かれたケースに覆われ、花咲さんとお揃いの〝ウォーカー君〟を付けている。

林檎はその目で僕を捉えるなり、偉そうな笑みを浮かべた。

「ちゃんと来たわね」

「どうやって来たの？　これでも僕すごく急いできたんだけど」

「さあ、誰かさんみたいにワープしてきたのかもね」

「過去のことは忘れてください……」

「嫌、忘れてあげない」

林檎は僕をからかって楽しそうに笑っていた。まったく、悪魔のような女の子だ。でも可愛いから余計に悔しい。

「ひどいな……でもほんとにどうやって来たの？」

「特別なことはしてないわ。単に一分授業が早く終わっただけよ」

「なーんだ、それだけか」

僕はいつもの生徒会の席に座り、購買で買ってきたパンの袋を開けた。

「いただきま……どうしたの、ジロジロ見て？」

「別に、見てないわよ」

そうは言っても、現在進行形で林檎は難しい顔でこちらを見つめていた。

かと思えば、彼女は何食わぬ動作で弁当とスマホだけ持って、いつも春風さんが座っている席に移動してきた。

「ま、また隣に座るの……!?」

「仕方ないでしょ。天野の滑舌が悪いのがいけないのよ」

「うぅ、わかったよ」

「ほ、ほら、さっさと食べないとチケットの販売時間になっちゃうわよ」

林檎は少し頰を染めてそう言いながら、弁当を広げ直して昼食を再開した。

僕も大きくため息を吐いてパンを食べ始めた。

それからすぐ、林檎が咳払いをしてから訊いてくる。

「ところで天野、シルフちゃんはいつから好きなのかしら？」

「えっと、たぶん去年の冬くらいかな。Ｖチューバーが人気になり始めた頃」

「ふふん、じゃあ私の方が古参ね」

林檎は平均サイズの胸を張ってドヤ顔になった。妙に腹が立つ。

「先に知ったから偉いってわけじゃないでしょ」

「私と天野に限っては違うのよ」

「そんな理不尽な」

だがそれ以降、僕らの間に会話は続かない。ただただ互いの咀嚼音と廊下の喧騒が聞こえてくるだけである。

僕は先程の仕返しも兼ねて林檎に話題を振ってみる。

「今期アニメは何見てるの？」

「ラノベ原作はほとんど見てるわよ。あとは『進撃の亜人』とか『恋猫』とか……はっ」

シルフが好きとか言っているし、昨日もアニメのスタンプを送ってきたから何となくオタクにしか通じない話題を振ってみたら案の定だった。

「はうっ、ひ、卑怯だわ！　誘導尋問よ！」

「何も誘導したつもりはないんだけど。ゲームは何が好きなの？」

「さあ、ゲームなんてやらないから」

「最近、ファイナルテイルズの新作出たよね」

「あれ神ゲーよねっ……あっ」

林檎はノリノリで答えておきながら、自らの失言に気付くと僕を指差して頬を膨らませた。

「ゆ、誘導尋問よ！」

「今のは認めるよ。でもやっぱり、林檎はアニメもゲームも好きなんじゃん」

二年前は好きじゃないって言っていたのに。

「す、好きになったのよ。二年もあれば人は変わるわ」

そう言う林檎は右手で自分の髪を弄っていた。嘘を吐いている時の彼女の癖だ。左手は僕に見えないようにスマホを弄っているからツインクラーをしているのかもしれない。

僕はそっとスマホを開いてみる。

シロウサギ【バレたぁあああああ！　実はずっとずっと隠れオタクだったってこと絶対バレちゃったよぉおお！（；゚ロ゚）】

ああ、思った通り……。

では二年前のあの時、喧嘩した勢いで林檎は嘘を吐いたのだろうか。

「ねえそれより、天野こそ今期アニメは何見てるのよ？　私にだけ言わせてずるいわよ」

スマホから顔を上げた林檎が訊いてきた。その声はどこか弾んでいる。

だけど何となく僕は今の彼女の気持ちが分かった。普段の学校ではアニメやゲームの話なんてする機会がない。同じ趣味の仲間も見つからない。だから今、色々なことを話したくてわくわくして仕方ないのである。

まったく、意地を張らずにオタクだって認めておけば、もっと早くこうして話ができたのに。意地という点では、僕も人のことは言えないけど。

「えっと僕はね……」

僕たちはそれから昼食を食べつつアニメやゲームの話をした。

お互いこの二年の空白なんて無かったかのように、かつての〝漆星〟と〝リンゴ〟に戻ったかのようだった。

「えー、あれ面白そうじゃないのよね。ツインクラーで作画崩壊ばかり取り上げられてるじゃない。ずっと前も言ったけど、天野が勧めてくるの、いつも微妙だし」

「それが意外にストーリーはいいんだって。作画も安定してるところは安定してるし」

「じゃあ見てみようかしら」

「うん、絶対オススメだよ」

なんだろう、こうして話をしていると、昔を思い出すと同時に誰かと話している時と同じような感覚になる。ここのところ毎日のように話をしている相手だ。

「ねえ、アカネ」

「何？　……って、え？」

あれ、今僕、林檎のことをアカネって呼んだ？

林檎は違う名前で呼ばれたことにただただ目を丸くしていた。

いや、単なる間違いではない。林檎と話をしているうちに、徐々に彼女がアカネであるかのように思えてきたのだ。まさか林檎がアカネであるはずなんてないのに。

「あ、いやごめん林檎っ！　今のは間違い！」

慌てて訂正をしていたところで唐突に生徒会室の扉が開けられた。

そこには驚きの眼で僕らを見つめる花咲さんの姿があった。

「およ、偶然前を通りかかって誰かいるのかと思ったけど、二人だったんだね。でも林檎ちゃん、確か今日は用事があるって……あっ」

花咲さんが頬を赤く染めて口元に手を当てる。すごいことに気付いちゃったと言わんばかりの表情だ。嫌な予感しかしない。

今の僕らは室内に二人きり、隣に座って一緒に昼食を食べている。誰がどう見てもそう誤解するに決まっている。

「待って分かった！　ひょっとしてそういうこと？」

「「ちがうって！」」

「え、でもでもっ！」

僕らが声を揃えて否定しても、花咲さんはまだ信じてくれていないようである。

林檎が何かを諦めるようにため息を吐いて自分の隣の席を示す。

「こころ、事情を話すからこっちに来て座ってくれないかしら？」

「だけどお邪魔になっちゃうし……」

「いいからそこに座りなさい、こころ」

林檎はにこりとしてそう言った。しかしその目が笑っていないことに気付いた花咲さんはピシッと姿勢を正して彼女に従う。

「あ、はいっ」

それから僕らは花咲さんに事情を説明した。

どうやら林檎はシルフ好きなことを言いふらしたくないようだったが、僕との関係が誤解されるのがよほど嫌だったのか、背に腹は代えられないといった様子ですべてを話してしまった。

事の顛末を聞き終えた花咲さんは胸の前で小さく拳を作って頬を膨らませた。

「ずるいよっ！」

「は？」「え？」

予想外の反応に僕ら二人はポカンと口を開けてしまった。

花咲さんは拳をぶんぶん上下に振りながら続ける。

「わたしだってシルフちゃんのファンなのに！　わたしも交ぜてよ！」

「あ、そういうことか」

なるほど、花咲さんもシルフが好きだったのか。確かに彼女はたくさんのゲームを持っているし、その実況動画の生放送もしているのだ。そういう趣味があってもおかしくはない。

花咲さんも一緒にどうかと提案しようとして林檎をちらりと見ると、彼女は下唇を噛んでぐぬぬといった表情をしていた。

そして何やら「せっかく二人きりで……いや、でもシルフちゃん好きの仲間だし……」などと呟き、深呼吸をしたかと思えば、ぎこちなく笑って花咲さんの手を取った。

「こ、こころもファンだったのね！　じゃあいっしょにチケット取りましょ！」

「もちろんだよ、林檎ちゃん！」

花咲さんが左手を林檎の手に添え、二人は固い握手を交わしていた。

林檎の様子は少し変だが、どうやら女の子同士の友情がまた一段と深まったようである。

「えーと、確かチケットはお一人様三枚まで購入可能だったはずだから、一番早くサイトにアクセスできた人が三人分取ることにしましょうね」

林檎の言葉に、花咲さんが小首を傾げる。

「サイトへのアクセスって、そんなに難しいものなの？」

「こころ、あなたは知らないかもしれないけれど、これは弱きは散り強き者だけが生き残る戦争なの。覚悟しておいて」

真剣な面持ちでそう言う林檎を前に、花咲さんがごくりと唾を飲み込んだ。

「わ、わかった……！」

昼食をとり、雑談を楽しみながらも迎えたチケット販売時間。僕らは横一列に座って数分前からスマホを開いて待ち、時間になると三人同時に販売サイトにアクセスをした。

……が、結果から言ってしまおう。惨敗だった。

運悪く誰一人としてまともにサイトにアクセスできず、チケットはあっという間に完売してしまったのだ。まあ、そもそも席数が少なかったため望み薄だったわけだが。

「うぅ……シルフちゃん……シルフちゃんに会いたかったよぉ」

机に倒れ込む林檎が子どもみたいに嘆いていた。

よほどシルフイベントに行きたかったんだろうな。林檎のこんな姿も珍しい。

僕と花咲さんもそれなりに残念に思ったのだが、家族を失ったかのように悲しむ林檎を前に、どうやって彼女を慰めようかと思いあぐねていた。

しかし林檎は突然ガバッと起き上がり、真っ赤な目をして下唇を噛んでスマホを握る。

「ぐぬぅ、こうなったら転売を買うしか……っ！」

「かなり高額になってるだろうしやめときなって」

「でもぉ……」

今にも泣きだしそうな林檎に花咲さんが近寄って、スマホ画面を見せる。

「ほら、林檎ちゃん。シルフちゃんのイベントは動画サイトで生放送するらしいから、それで見ようよ。会場にいなくても林檎ちゃんの熱い想いはシルフちゃんに届くよ、ね？」

「うん……わかった。リアルタイムでシルフちゃんイベントを見ることにするわ……」

林檎は心の中では諦めきれないようだったが、どうにか聞き分けてくれた。きっと一晩経てば落ち着くだろう。

「あ、でもその動画サイトってプレミアム会員じゃないと放送中すぐに追い出されちゃうし、僕が見られるのは数日後かな」

「何よ、天野は一般会員なの？」

林檎が目をごしごし擦って訊いてきた。

「そうだよ。そういう二人は？」

「もちろんプレミアムよ。こういう時のためにね」

「わ、わたしも一応」

林檎はなぜだか偉そうに、花咲さんはぎこちない笑みで答えた。

そういえば花咲さんはゲーム実況の生放送をしている。生放送は基本的にプレミアム会員しかできなかったはずだから訊くまでもなかった。

だが林檎にゲーム実況のことは話したくないと思うし、知らなかったふりをしよう。

「そっか。じゃあ僕だけ後になっちゃいそうだね。まあ、見られるならいいけど」

「あの、あの天野」

「ん、何？」

呼びかけに反応し、横を見る。すると林檎は何かを言いかけて口を開き、顔を真っ赤にして背中を向けてしまった。

「な、何でもないわっ」

何だったのだろう。

近頃林檎の様子が変な気がするが、何か悩んでいることでもあるのだろうか。

考える暇もなく午後の授業の予鈴が鳴り、僕らは教室へと急いだのだった。

その日の夜、僕は自室のベッドに横になり林檎のことを考えていた。

昼休みに林檎と話している時、確かに彼女の中にアカネを見た気がした。ひょっとしたら彼女がアカネという可能性も捨てきれない、と思い始めていたのである。

それを見極めるためには、もう少し彼女のことを知る必要がある。

僕は学習机からスマホを取り、ツインクラーを立ち上げた。

本当はもう見ないようにしようと思っていたけど少し延長だ。林檎がアカネではないという証拠を得るまで。

そう自分に言い訳をしながら、林檎のアカウントに飛んだ。


シロウサギ【うわぁあああああああシルフちゃんイベントのチケット取れなかったぁああああああああ(>_<)】

やっぱり林檎は今日のことが相当ショックだったようである。

その他にも林檎は多数の叫び投稿をしていたが、アカネの手掛かりになるような投稿は更新されていない。罪悪感もあるため、林檎のアカウントはちらりと見るだけにして、次に花咲さんのアカウントへと飛ぶ。

ココ　【今日は残念なことがあったけど、みんなで一緒に楽しかったぁ～(*^^*)】
【でもあの二人ってあんなに仲良かったっけ～？　お昼休みに二人きりで】
【いいなーずるいなー！　今度からは最初から三人であーいうことしたいな。わたしももっともっと交ざりたいし、いっぱいプレイもしたい！(≧▽≦)】

「え、どういうこと、これじゃまるで花咲さんが僕ら二人といかがわしいことしたいと言ってるようにしか見えないんだけど……？」

はっきりとはしないが、状況から考えてこれは僕と林檎のことについて話しているように見える。それに誰が見ても誤解しそうな文章である。

いやしかし、花咲さんのことだ。ところどころ言葉が抜けて、本当は単にもっと三人で遊びたいということが言いたかっただけなのだろう。きっとそうに違いない。

僕は学習机にスマホを置き、引き出しから〝ウォーカー君〟を取り出して、顔の前にそれを掲げた。

結局今回のことで林檎か花咲さん、どちらがアカネが分からなくなってしまった。

もしかしたらアカネは、僕に見つけてほしくないのだろうか。

そうだ、僕は自分が漆星であることを林檎にも花咲さんにも教えている。それでも名乗り出てこないということはきっとそうなのだろう。

それじゃあ僕が今までしていたのは何だ。ただのエゴじゃないのか。

僕が……僕だけがアカネに会いたいと思っていた。それは今でも変わらない。しかし、もしこのままアカネ探しを続ければ、彼女に不快な思いをさせてしまうかもしれない。

林檎か花咲さんのどちらかがアカネなのだ。そうなると、せっかく仲良くなってきた二人との友情に亀裂が入ってしまう。

林檎とは中学時代の仲が良かった頃に戻ってきたような気がする。また険悪な関係には戻りたくない。

花咲さんには意外な裏の顔があったが、むしろそれを知ったおかげで以前よりも親しくなれた。定期的にゲームをするようになったし、今後もっと仲良くなれたらと思っている。

この二人との現実での関係が壊れてしまうのは嫌だ。

ならば……。

「……アカネ探しは、やめだ。二人を探るような真似はもうしない」

アカネの気持ちとリアルを優先し、もうアカネ探しをやめるのだ。

僕はそう決意し、〝ウォーカー君〟をぎゅっと握って引き出しの奥の方へと押し込んだ。

第四話　『＃お泊り会　＃告白』

惜しくもシルフのイベントチケットを取り逃した日から一ヶ月少しが経過した。

7月も中旬に入って、照り付ける太陽の日差しがより一層強まり、クーラーが無いと生きていけないほど蒸し暑い日が続く。篠洲(しのす)高校の生徒は、期末テストを終え、あとはほとんど夏休みを待つだけの穏やかな学校生活を送っていた。

一方、僕と林檎と花咲さんで進めてきた生徒会の仕事も一段落がつき、あとは直前準備と本番を迎えるだけとなった。

「……というわけで抽選会は無事に終了し、各クラスの曲目も決まったようです。これで夏休み前に行うべき合唱コンクールに関する仕事は完了しました。報告は以上です」

放課後の生徒会。林檎がホワイトボードの前に立って役員一同に現状報告をした。

報告を聞き終えた鳥田(とりた)先輩は満足そうに頷(うなず)く。

「うん、ご苦労さま月見里(やまなし)副会長。すごくスムーズに終わっちゃったからびっくりさせられたよ。この分なら来年も大丈夫そうだね」

「ちょっと会長、まだ文化祭準備も控えてるんですから、もう辞めるような気にならないでください」

すかさず林檎が呆れ眼でツッコミを入れた。鳥田先輩は自分の頭をポカリと叩いて笑う。

「あはー、怒られちゃった」

それから少し真面目な顔になって、林檎と僕、花咲さんを見た。

「それはそうと本当に頑張ったね。三人ともお疲れさま」

少し変なところはあるものの尊敬のできる先輩に褒められ、僕らは嬉しくも何だか照れ臭かった。

そして鳥田先輩は、今度は僕の右隣の方へ視線を移す。

「そういえば春風書記には合唱コンクールのゲストを呼んでもらうように頼んでおいたんだけど、例の人は呼べたかな？」

合唱コンクールの審査員やゲスト関係については鳥田先輩と春風さんが企画することになっていたが、そういえばゲストに誰が来るか僕らはまだ聞かされていない。

鳥田先輩の問いに、春風さんは三秒くらいかけてゆっくりと頷いた。

「……はい」

「本当に!?　すごいね春風書記！」

鳥田先輩が心底驚いているようだが、春風さんはいったい誰を呼んだのだろう。

「あのー鳥田先輩、例の人って？」

「すごく有名な人さ。ネットでたくさん曲を上げてる作曲家の……えーと何て名前だっけ、確か野沢菜だか沢庵だか、漬物っぽかった気がするんだけど」

「ひょっとして高菜さんですか？」

うろ覚えの鳥田先輩に林檎がぎょっとした顔で訊ねた。すると鳥田先輩はビンゴと言わんばかりに指を鳴らして林檎を指差した。

「そうそれそれ！」

「うそ……っ!?」

林檎は驚きに目を見開き固まっている。

はて、高菜さんとは誰だっただろうか。音楽関係には疎いから僕には分からない。

「林檎、高菜さんって誰だっけ？」

「わ、私も詳しいことは知らないわ」

「いや、でも……」

その反応はどう見ても知っているものだ。

しかし、林檎は意地でも話そうとはせず、僕を睨んでぴしゃりと言う。

「知らないの!!」

「……はい」

その瞬間、ポケットに入れてあった僕のスマホがバイブした。

林檎がアイコンタクトでスマホを開くように指示してくる。

生徒会中に開くのは気が引けるが、断れば後で林檎に怒られる。僕は鳥田先輩から死角になるようにして机の下でスマホを開いた。

どうやらさっきのバイブは林檎からのアインだったようである。

月見里『高菜さんはシルフちゃんが歌ってる曲とかを作った人よ！　今期アニメでも確か2本くらいテーマ曲を作ってて、CMソングにもいくつか採用されたことがあるの！　これぐらい常識でしょ！(-ε-。)』

天　野『オタクの世界のね』

でも、林檎がみんなの前で知らないふりをした理由がよく分かった。

高菜さんとやらはオタク文化に深い関わりのある人物のようだ。オタク趣味を隠そうとしている彼女がその話をするはずがない。

既に林檎に説明されたとは知らない鳥田先輩が、高菜さんについて僕に教えてくれる。

「あたしもよく知らないんだけど、なんかすごく有名な作曲家さんみたいだね。クラスメイトが何人か話題に出していたよ。それで合唱コンクールに呼べないかなって何気なく漏らしたら、春風書記が呼んでくれると言うものでね」

「……呼んでみました」

ドヤ。
ほほ～～う

春風さんが僕を見てそう言った。いつも感情を顔に表さないのだが、今だけは少し誇るような笑みを浮かべているみたいに見える。

「そんなすごい人呼べるなんて、春風さん一体何者なの……？」

春風さんは返答に困ったように宙を見上げて考える仕草をし、首を傾げて呟く。

「……女子高生？」

「いやいや、そこは疑問形じゃないでしょ」

でもまあ、カリスマ性のある春風さんだ。有名人への人脈の一本や二本は持っていて不思議はない。

――キーンコーンカーン
そこでチャイムが鳴り響いた。もうすぐ完全下校時刻が来ることを告げる予鈴である。

鳥田先輩は掛け時計をちらりと確認し、生徒会を締めくくる。

「お、そろそろ下校時刻だね。それじゃあ、今度からは文化祭準備が本格的になってくるけれど、みんなよろしくね。お疲れさまでしたー！」

一同が礼をし、その日の生徒会は終了した。それから各々帰り支度をして、準備のできた者から帰っていく時間となる。

「……おつかれさま、でした」

最初に帰ったのは春風さんだった。だいたいいつも彼女が一番に帰る。

それからすぐに鳥田先輩の準備が済んだようだった。しかし、何かを思い出したかのように声を上げる。

「ああしまったっ!?　今日ここの戸締まりは春風書記に任せてたんだった！　春風書記帰っちゃったよね？」

誰に訊(き)いたというわけでもなさそうだったが、鳥田先輩と目が合った僕が答える。

「はい、ついさっき帰りました。僕ちょっと鍵貰(もら)ってきましょうか？」

「ううん、天野(あまの)会計はまだ片付けがあるし、あたしがちょっと取ってくるね！」

鳥田先輩は生徒会室から駆け出して行った。

僕と林檎(りんご)と花咲(はなさき)さんは、三人で請け負った仕事に関する報告資料を片付け、ホワイトボードを消してから帰り支度にかかったためいつもより少し遅れてしまった。

その中では僕が一番早く支度が終わったのだが、先に上がるのも何だと思い、さっきスマホを開いた時に確認した広告メールを削除する。

「何スマホいじってるのよ？　愛(いと)しのアカネちゃん？」

林檎が僕の隣に来て、からかうような笑みを浮かべていた。

「違うって。ちょっと広告メールを削除しただけだよ」

この会話を聞いていたらしい花咲さんが目をキラキラさせながら近寄ってきた。

「え、天野くん、アカネさんと秘密の作戦会議してるの？」

「だから違うって、花咲（はなさき）さん」

期待をさせてしまって申し訳ないが本当に違う。僕は空笑（そら）いをして答えた。

しかし、林檎（りんご）は信じていない様子だ。

「そんなにイチャつきたいならオフ会でもしちゃえばいいのに」

林檎が僕との距離をぐっと詰めて耳打ちしてくる。

「私の時みたいに、ね」

「さ、さあ……何のことやら」

ふわりといい香りが漂ってきたのと昔を思い出したのとでドキリとしてしまう。

僕が一歩退いて距離を空けると、林檎は意地悪な微笑を見せた。その笑顔を見るのが気まずくて顔を背ける。しかし、向けた先には花咲さんのキラキラスマイルが。

「でも天野（あまの）くんこの前アカネさんに会いたいって言ってたし、オフ会はいいかもだね！」

「いや、それはいいかな……」

「え、どうして？　美少女の理想が壊れちゃいそうだから？」

「地味に辛辣（しんらつ）なこと言うよね、花咲さん」

「んー？」

花咲さんは不思議そうな顔で首を傾（かし）げた。完全に天然で物を言っているらしい。

「いや、分からないならいいや。それはそうと、もうアカネに会うのはいいかなって。たぶんアカネも探されるのは嫌だろうし」

「そ、そんなことないっ……んじゃないかな」

花咲さんは強い語気で言いかけて、最後の方はえらく自信が無くなってしまったようだった。否定したいが断言はできないと言った様子だ。優しい花咲さんらしい。

そんな花咲さんには申し訳ないが、林檎や花咲さん、そしてアカネのことを考えてもう決めたことだ。

僕は自分に言い聞かせるように続けた。

「あっちからオフ会しようって言ってこないし、リアルの話はあまり詳しく話してくれないし、たぶん会いたくないんじゃないかな。それに僕は僕で生徒会とか色々忙しいから少なくとも今はいいかなって」

「……天野くん」

花咲さんはもうこれ以上何も言えなくなってしまったようだった。けれど何か言葉をかけてあげたいという意思だけは目から強く伝わってきた。

「天野、ほんとにそれでいいの？」

そう訊いてきたのは林檎だった。違うと言ってほしいとすがるような目だ。

「……たぶん。それにほら、僕は生徒会のみんなと、林檎や花咲さんと一緒にいるのが楽しいからね。これでいいんだ」

「……きゅ、急に何言っているのよバカ」「えへへ、そう言ってくれると嬉しいな」

二人は一様に頬を染めつつもリアクションの仕方が違った。林檎は照れ隠しに顔をぷいっと背け、花咲さんはにっこりとはにかんでいる。

「あ、ほらほら、何してるの三人とも？　もう完全下校時刻になっちゃうよー？」

鍵を受け取って戻った鳥田先輩に叱られ、僕らは急いで生徒会室を後にしたのだった。


うまく切り抜けたものの、何だか後味の悪い感じで家に帰り、ツインクラーをやる気分にもなれず学習机について宿題をすることにした。

勉強は好きではないが、気を紛らわすにはもってこいだった。

アカネ探しをやめると言った時の林檎と花咲さんの顔が頭から離れなかった。もっとすんなりと流されるような話かと思っていたのだ。けれど、二人はそれでは納得がいかないという様子だった。あれではまるで……。

「まるで二人とも、アカネみたいな反応だ……」

宿題が終わり、ちょうど気分が落ち着いた時に、ポロンと、スマホがアインの通知音を鳴らした。僕は反射的にスマホを開く。

月見里（やまなし）『シルフちゃんのイベントが今週末ですが、よかったら私の家でいっしょに見ませんか？』


文体から一瞬それが林檎からのものであるということに気付かなかった。

「なぜに敬語？　というか僕宛てで間違いないのか？　……いや違う」

それは僕宛てではなかった。僕ら宛てだったのだ。

「これは生徒会の仕事用に作った僕と林檎と花咲さんの、三人のトークルームだ」

林檎が僕と花咲さんと三人でイベントを見たかった？　いや、この口調から考えて僕らに話しかけたつもりはないだろう。恐らく本当は竜胆（りんどう）に送りたかったのではないか。

――ポロン
考えを巡らせている内にもう一人のメンバーが早くも返事をしたようだ。

花　咲『もちろんだよ！　林檎ちゃん！(#^.^#)』

『じゃあさじゃあさ！　せっかくだからお泊り会もしようよ！』

『わたしこういうの初めてだから楽しみだなぁ～！』

林　檎『え、あの、ちょっと待ってこころ』

花　咲『え……ダメ？』

林檎『ダメってことはないわ！　いいわ、しましょ！　お泊り会もしましょ！』

花咲さんがノリノリで話を進めてしまった。

林檎はそんな彼女の期待を裏切ることができなかったようだ。誤って僕らを誘ったにしろそうでなかったにしろ、これでもう後戻りはできなくなった。

もし間違いなら今頃〝あっち〟で嘆いているに違いない。そう思って林檎のツインクラーを開くと案の定だった。

シロウサギ【トークルーム間違えちゃったぁああドウシヨォオオ(；゜□゜)】

ああ、やっぱり。林檎はたぶん竜胆を誘うつもりで間違ってしまったのだろう。

僕は一応助け船を出しておく。

天野『大丈夫？　他に誘いたい人がいるんじゃない？』

月見里『はあ？　誰のことかしら？』

「うわ早っ⁉」

二人だけのトークルームに切り替えて送ったのに異常なスピードで返信が来た。

天　野『だけど、僕まで林檎の家に泊まって大丈夫なの？』
月見里『何が問題あるってのよ？　まさか天野のくせに私の家が嫌だとか言うわけ？』

プライドが邪魔をするのか、林檎はとぼけているようである。まあ、意地っ張りな林檎のことだ。僕が何を言っても、自分の間違いを認めようとはしないだろうな。せっかく乗り気になった花咲さんの気持ちを無駄にもしたくないし、僕も返信しておこう。

僕は三人用のトークルームに戻ってメッセージを送る。

天　野『分かった、じゃあ一緒に見ようか』
月見里『最初からそう答えていればいいのよ』
　　　『じゃあ、当日の日程について打ち合わせするわよ』

きっと今頃林檎はツインクラーで荒れているに違いない。
彼女のアカウントを確認するとやはり新しい投稿が一件あった。

シロウサギ【あぁあああああうやぁあああああああ！】

「うっ林檎（りんご）が壊れた……でも、自業自得だからね……」

多少なりとも哀れと思いつつも、僕にはどうすることもできない。

僕は林檎のアカウントに手を合わせてから、当日の打ち合わせをしたのだった。

◇◇◇

「ああ、もうお腹空（なかす）いちゃったわ」

隣でスマホをいじっていた林檎が腹を押さえて言った。

「早すぎない？　まだ十六時半だよ。一日何食たべてるの？」

「人を大食らいみたいに言わないで。今日はお昼を少なめにしたのよ」

林檎がムスッとした顔で睨（にら）んできた。

ここはこの辺りで一番大きな街の駅前にある広場。その時計塔の下に並んで立っていた。

今日はシルフイベント当日。林檎の家に泊まり、イベントの生放送を皆で見ようということになっていたのだが、その前にここで待ち合わせたのである。

土曜日ということもあり、改札口からは遊びや仕事で来たであろう人々が大勢出てくる。

時計台の下には他にも十数名ほど待ち合わせをする老若男女（ろうにゃくなんにょ）が立っていた。

「こころはまだかしら？」

そう言ってスマホの時計を確認する林檎の恰好（かっこう）は、淡い緑のTシャツに茶色のショートパンツ、黒タイツ。そこに女の子らしいリュックを背負っている。スポーティーな印象の服ながらも林檎が着るとなぜかとても華やかに見えた。

「ごめんね！　お待たせ二人とも～」

花咲（はなさき）さんが笑顔で手を振りながらパタパタと駆けてきた。

「ううん、全然待ってないよ、花咲さん」

「まだ待ち合わせ時間前だから安心なさい」

僕と林檎がそう返すと、花咲さんは安堵（あんど）の息を吐いた。

「えへへ、よかった～」

今日の花咲さんの服装は、白いフリルブラウスにブルーチェックのキュロット。花咲さんらしいふんわりとした服装が似合っていてとても可愛（かわい）い。

ちなみに僕の服装は、ボーダーのTシャツに薄手の上着、デニムの短パン。一応ネットで最近の男子高校生の恰好を調べたけれど、持っている服で再現するのはこれが限界だった。

「さあ、二人とも。まずはご飯食べに行くわよ！」

やけににやつく林檎の案内で店へと移動した。

どうしてそんなにウキウキしているのかと思ったが、目的地に到着してその理由が分かった。そこはシルフがテーマのコラボ喫茶だったのだ。どうやら今回のイベントに合わせて開催しているらしい。

そこでの林檎は始終テンションが上がりっぱなしで、店を後にしてもご満悦といった表情だった。僕や花咲さんも珍しいメニューや賑やかな雰囲気を楽しみ、それぞれが腹も気分も満たされた時間となった。

それから電車を使い、篠洲高校の最寄り駅である篠洲駅へ。

駅近くの住宅街の中に建つ、ごく一般的な一軒家が林檎の家だった。

意外にも林檎の家は僕の家からそう遠くないようだ。まあ、同じ中学校だったわけだし、考えてみれば当然なのだが。

家へ上がらせてもらい、二階の林檎の部屋へと入る。

「これが林檎の部屋……」

柑橘系のようなすごくいい香りがする。白と黄緑を基調とした家具で、よく整理された女の子の部屋である。けれど逆にいえば綺麗すぎる、生活感がほとんど感じられない。

オタクを隠そうとする林檎のことだ。恐らくオタクグッズをどこかに隠したのだろう。もしこの部屋の中で隠せるところがあるとすれば、あそこだろうか。

クローゼットを見つめる僕に林檎がジト目を向けてきた。

「あんましジロジロ見てると通報するわよ」

「罪状は何ですか……」

なるほど、どうやらあのクローゼットの中はオタクグッズでいっぱいなのだろう。

「あ、そういえば林檎。お家(うち)の人に挨拶(あいさつ)しなきゃ」

「今日お父さんとお母さんは旅行だし、お姉ちゃんは友達と遊びに行ってていないわよ」

「え、ご両親は僕が泊まることよく許可してくれたね」

「天野(あまの)のことは女の子だって言ってあるから」

「はははー聞かなかったことにしよ……」

もし突然帰ってきたご両親と僕が鉢合わせなんてしたら大騒ぎになりそうだ。知らない間に娘が家に男を連れ込んでいたと知って、まともでいられる親がいるとは思えない。

明日は朝早くにこの家を後にした方がいいかもしれない。

「さあ適当に座って。飲み物とか取ってくるわ」

青ざめる僕なんてお構いなしに、林檎は一階へと降りて行ってしまった。

僕と花咲さんは部屋の中央にある正方形のテーブルの周りに向かい合って腰を下ろした。

「わーい、林檎ちゃん家(ち)、二週間ぶりくらいかな～」

花咲さんが振り子のように身体を揺らしながらそう言った。

「へえ、花咲さん、結構頻繁に遊びに来るの？」

「うん、一緒にお泊り会とかもよくするんだ。だから今日のお着替えとかもここに置きっぱなしのを使うの」

「二人ってほんとに仲良しなんだね」

「そうなんだ、えへへ〜」

花咲さんは照れたように頰を緩めた。

「はい、ジュース持ってきたわよ！」

林檎が戻ってきて、盆からオレンジジュースの注がれたコップをテーブルに置いた。

さらにテーブルには、据え置きのゲーム機のようなものも置かれる。

「林檎、これは？」

僕が訊ねると、林檎は学習机の上のノートパソコンを立ち上げて、コードをそのゲーム機のようなものと繋ぎながら答える。

「プロジェクターよ。せっかくなら大きな画面で見たいでしょ」

そう言って彼女が部屋の明かりを消してプロジェクターの電源を入れると、白い壁に動画サイトの画面が映し出された。

シルフイベントの会場なのか、無人のステージが見えた。会場のＢＧＭや観客たちのざわつきまでも聞こえてくる。まるでイベント会場にいるかのような臨場感だ。

「「お～！」」

僕と花咲さんが思わず感嘆の声を上げた。

林檎は得意げに微笑み、テーブルの脇に座る。

「シルフちゃんイベントはもう間もなく！　気合入れていくわよ！」

いつの間にか林檎の両手には、シルフのテーマカラーである黄緑色に光るサイリウムが握られていた。僕ら二人もつられるようにして気分が高揚する。

それから僕らはシルフイベントを楽しんだ。シルフの歌や、トークショー、ゲストとして他のVチューバーの登場など、驚きと興奮が満載の二時間だった。


「ああ～シルフちゃんのイベント最高だったわね～」

シルフイベントが終了すると、満足げな表情で林檎が後ろへ倒れ込んだ。

「わたし、林檎ちゃんがあんなに興奮してるところ初めて見たよっ」

「僕も」

僕と花咲さんに見つめられ、林檎が恥ずかしそうに手で顔を覆った。

「なっ……いいでしょ別に！」

実際ライブイベント中の林檎は、何というかすごかった。

ずっと興奮状態だったが、特にシルフの新曲紹介の時なんかずっと「きゃぁああああああ!」「シルフちゃぁあああああん!」「きゃぁああああああああ!」の無限ループ。途中で救急車か霊媒師でも呼ぼうかと心配になるほどだった。

「それはそうとお風呂入りましょ」

ぴょんと飛び起きて林檎がいきなりそう言った。

「そうだね、汗かいちゃって身体ベトベトだよ~」

花咲さんがパタパタと服で扇ぐ。その際に鎖骨やキャミソールの肩紐が視界に入り、意図せずして目が釘付けになってしまった。

そんな煩悩を読み取られたのかもしれない。

林檎が僕に真剣な顔で一歩ずつ寄ってきた。まるで珍獣でも捕まえるような動き方だ。

「天野、ちょっと大人しくしててちょうだい」

「は、え? 何する気?」

「大丈夫、怖くないわよ。大人しくしてればすぐに終わるから~」

「怖い怖い怖い、十分怖いよ近寄らないで林檎ひやぁあああああ」

そういうわけで冒頭で述べたように、僕は林檎の部屋で手足を縛られて放置されてしまったのである。

何でも風呂を覗こうとしないための策らしい。そんなに僕がふしだらな男に見えるのだろうか。まったく心外である。……まあ、覗けるものなら覗きたいんだけどね。

二人はすでに風呂へと行ってしまった。もう二十分近く経つと思うから、そろそろ戻ってくるだろう。

しかし、今すぐに戻ってきてもらわなくては困る事態が襲ってくる。

「ああどうしよう、猛烈にトイレ行きたい……！」

だが、手足が縛られていてはまともに歩行すらできない。

……仕方ない。危険だが、どうにかジャンプしたり這いずったりしてトイレを目指すしかない。さもなければ、ここで漏らすような事態になってしまう。

まずは正座のような姿勢になり、あらん限りの力を込めて跳ね、うまいこと立ち上がることができた。

そのまま僕は飛び跳ねながら部屋を出て階段を降り、廊下を進んでトイレへと向かう。

「トイレは、ここかな」

分かりやすくドアに〝TOILET〟の札が掛けられていた。

やった、助かった！　どうにか間に合いそうだ。

僕は飛び跳ねてトイレへ駆け込もうとする。

「ふんふん……あっ！」

しかし、安心感からかバランスを崩し、その隣のドアへと身体を預けるような体勢になってしまう。その上運悪くドアノブに体重を乗せてしまったらしく、倒れ込むようにして部屋の中へと入ってしまった。

「ぎゃふっ」

白い湯気に満ちた部屋。

床にぶつかった痛みの中、ゆっくりと目を開けると林檎（りんご）と花咲（はなさき）さんがいた。

二人ともポカンと口を開けて僕のことを見ている。その身体は一糸纏（いっしまと）わぬ姿。ちょうど風呂から上がり、僕が今倒れ込んでいる脱衣所へと戻ってきたところのようである。

湯気で曇っていても、林檎の小さな丘と花咲さんの大きな丘、さらにはその頂上の小ぶりなピンクまでしっかり目に入ってきた。手に持つタオルのおかげで下の方はあまり見えなかったが、上の方はがっつり見えてしまっていた。

「あ、ああ天野（あまの）くん。えっとその……さすがにちょっと恥ずかしいかな」

花咲さんが手で自分の身体を隠しつつ、これまでにないくらい恥ずかしそうにオロオロしていた。

「……」

一方の林檎はすっと身体を隠すと、フリーズしてしまっていた。

「えっと、ごめんなさい？」

僕がそう言うと、林檎は俯いてプルプルと震え出した。

やばい、かなりお怒りになっているようだ。

だが、今の僕にはその怒りから逃れる方法が無かった。

「出てけぇえええええええええええ!!」

噴火した林檎がシャンプーのボトルや桶を投げつけてきた。

頭や腰に当たって痛い。いや、それ以上に違うダメージになる。

「ちょっタンマタンマ！　出ていこうにも手足が縛られてて無理なんだって！」

「早く！　早く出てけぇえええええ！」

「あ、ダメ！　そこ刺激しちゃダメ漏れちゃうから！　らめぇええええ！」

その後、散々林檎にボコボコにされたものの、僕はどうにか花咲さんによって拘束を解いてもらい、無事にトイレに行くことができた。その上で二人に土下座をして謝罪し、どうにか許してもらうことができたのだった。


「あれ、林檎は？」

僕が風呂を終えて林檎の部屋に戻ってくると、そこには花咲さんだけが座っていた。

Tシャツにモコモコの短パンというパジャマ姿だ。まだ少し濡れた髪は、後ろの方でアップにしているようである。

天使の微笑みを向けて花咲さんが答える。

「林檎ちゃんなら飲み物取りに行ってくれてるよ」

「そっか」

僕は花咲さんの正面に腰を下ろした。

「……」

「……」

さっきのことを思い出し、僕らは目を合わせられずにいた。

不可抗力とはいえ、花咲さんたちには本当に申し訳ないことをしてしまった。

「えっと、花咲さん」

「ひゃい!? 何かな?」

「さっきは本当にごめんね。その、謝っても許されることじゃないけど……」

花咲さんは顔を真っ赤に染めて早口に言う。

「もういいって～！ さっき林檎ちゃんにいっぱい痛めつけられてたし。それに見られたの初めてじゃないから。あ、でも下着なしは初めてだけど、とにかくもう大丈夫だから！」

「う、うん」

　二度目だから大丈夫なんてことはないと思うが、彼女がそこまで言うのなら、これ以上掘り返すのはやめにしよう。たぶんこれ以上続ければ羞恥で倒れてしまいそうな感じだし。

　その時、ガチャリと部屋のドアが開いた。

「はい、麦茶よ」

　パジャマ姿の林檎が帰ってきた。花咲さんの寝巻と色違いでピンクっぽいものを着ているようだ。彼女は麦茶の入ったコップをテーブルに二つだけ置く。

「もちろん天野の分はないわよ」

「うわ酷いな」

「さっきあんなことしたんだし当然でしょ」

　林檎が冷たい眼差しで睨んできた。

　まあ家を追い出されなかっただけマシと考えるべきかな。

「ねえねえ、林檎ちゃん」

「ん、何よ、こころ?」

　花咲さんに呼ばれ、林檎が持ってきた麦茶を口に含みながら訊ねた。

「林檎ちゃんって好きな人いるの?」

「ぶごほっ」

「わっ、り、林檎ちゃん大丈夫っ⁉」

な、何をいきなり言い出すんだ花咲さん!?

林檎がむせ返って、花咲さんが慌てて彼女の背中を摩った。

「だ、大丈夫よ……でもどうしていきなりそんなことを訊くのよ?」

「だってみんなでお泊り会って言ったらコイバナだよ！　一度やってみたかったんだ～！

それでどうなの、林檎ちゃん?　好きな人いるの?」

目をキラキラとさせて花咲さんが訊ねた。林檎は目を泳がせて戸惑う。

「好きな人……そ、そういうこころこそいるでしょ?　好きな人が！」

「え、わわっ、わたし!?　わたしは……」

突然振られて目をぱちくりさせて驚く花咲さん。

頬を桃色に染めて天井を見上げたり床を見つめたりし、深呼吸をしてから呟く。

「……最近できちゃったかも、好きな人」

「え、花咲さん好きな人いるの?」

意外な発言に、思わず僕はがっつくようにして訊いてしまった。

「……う、うん。いる、よ」

そう言って花咲さんは恥じらうように上目遣いで見てきた。

え、何その目……?　すごく意味深なんだけど。

もしかして花咲さんの好きな人って僕?　いやいや、視線だけで判断するのは早計だ。

花咲さんが女の子座りをした太腿の間で手をもじもじとさせて唇を動かす。

「でもたぶん片想いなんだけど、火が付いちゃった想いが止まらないと言いますか……。彼と他の女の子が仲良くしてるのを見るだけでも胸がざわざわすると言いますか……うにゃぁ恥ずかしいよ、もうわたしの話はお仕舞い！　はい次林檎ちゃんの番！」

「わ、私はいないって言ってるでしょ……っ！」

「ひどーい、わたしは話したのに」

花咲さんが目尻に涙を浮かべ、林檎を恨めしそうに睨んだ。

林檎はこれに陥落しそうになりつつも、僕を指差して抗議する。

「で、でも天野の……覗き魔なんかの前で話すのは……！」

「ん、何か問題があるの？」

きょとんと首を傾げる花咲さん。

「問題ってわけじゃ……ふ、ふん、分かったわよ！　言うわ。言えばいいんでしょ」

林檎は戸惑っているようにも見えたが、最後はやけになったみたいに話し始めた。

「えーと、その…………いる、わ。結構前から、たぶん私も片想い」

僅かに頬を上気させているが、それを悟られまいと顔を背けてそう言った。

「やっぱりそうだったんだね！　一途ですごいなぁ！　いいなぁきゅんきゅんするよ～」

花咲さんが胸の前で両手を握って目を輝かせた。

「そ、そんないいものじゃないわ。私からはついキツい当たりばかりしちゃって。きっと相手にも嫌われてるだろうから、何度も諦めようと思ったんだけど、どうしても諦めきれなくて。頑張ってアピールをしようとしてみたんだけど、うまくいかなくて」

林檎の物言いは悩みを吐露するかのようだった。

彼女は本当に辛い思いをしているのだろう。しかし、とてもしたたかで真っ直ぐな性格をしている。何とも林檎らしい。そんな強さが僕にもあればなと思ってしまう。

その一直線にぶつかる気持ちは、僕が捨ててしまったものだ。勝手にアカネが自分に会いたくないとか、身バレしたくないとか思い込み、林檎や花咲さんとの関係を優先して無理して抑え込んでしまった気持ちだ。

しかし林檎は捨てなかった。捨てずに辛い思いをする道を選んだのだ。

その真っ直ぐに相手を想う気持ちには、つい憧れてしまう。

「僕は好きだな」

「ほえ？」

林檎がきょとんとした顔で僕を見た。

「僕は林檎のその気持ちすごく好きだよ。ストレートに相手のことを想ってアピールしていくなんてほんとに大変だと思う」

「天野……」

ぼけっと熱に浮かされたかのように僕を見つめる林檎。

とそこへ花咲さんが挙手をして元気に声を上げる。

「はいはーい！　わたしも林檎ちゃんのそういうとこ好き！」

「あ……うん。こころもありがとうね」

林檎は彼女の声で我に返ったようで、すぐさま微笑んで答えた。

「それにしても、林檎ちゃんの好きな人って相当な鈍感さんだね。ずっと想われてるのに気付かないなんて」

花咲さんにしてはプンスカと少し怒ったような口調だった。

「本当に、まったく、そうね」

林檎が意味深なジト目を僕の方へキッと向けてきた。

「うん？」

「何でもないわ。さあお待ちかね、天野の番よ。といってもあんたは好きな人いるわよね？」

「え、僕？　僕は……」

この流れならばあり得るかもと思っていたが、やっぱり来たか。

僕の好きな人。数分前の僕に訊けば、間違いなく「いない」と返ってきたことだろう。

しかし、この二人の想いを語る姿を見て、改めて僕も自分の想いを再確認した。

僕は――アカネが好きだ。

「天野くん？」

長くぼーっとしていたのかもしれない。花咲さんが心配そうな顔で覗き込んできていた。

僕は心の中にかかっていた雲が晴れたかのような清々しい気持ちで答える。

「うん、いるよ。好きな人」

すると二人は一瞬固まり、意外にも分かり切っていたというような反応を見せた。

「愛しのアカネちゃんでしょ？　知ってるわよ」

「天野くんは一途だな～」

林檎と花咲さんが苦笑し、口々にそう言った。

待って、ここで僕がそれを認めたら、この場のどちらかに告白をしていることになるんじゃ……!?

そう思うと急に顔が熱くなり、咄嗟に言葉を紡ぐ。

「そ、そうとは限らないじゃんっ！」

「あーはいはい」

「照れてる天野くん可愛い～」

二人はまるで取り合ってくれなかった。目を合わせようともしない。まるで僕の口から好きな人の名前を聞くのが怖いような感じだ。なぜだろう。

その疑問を解消するより前に花咲さんが腕を振り上げて次の提案をする。

「よし、じゃあコイバナの次は枕投げをしよ！」

「それはやめなさい」

「あいたっ」

わくわくとした面持ちで提案した花咲さんが林檎にデコピンを食らわされていた。

気になることはあるが、二人が笑い合っているこの楽しい雰囲気に水を差したくはない。今この時間だけは何もかも忘れて楽しもう。

その後、僕らは少しの間話に花を咲かせ、日付が変わろうかというところで就寝する流れとなった。寝床は僕だけ隣の客間のベッドを使い、二人は林檎のベッドで一緒に眠るらしい。

「おやすみ」

僕は二人にそう言い残し、林檎の部屋を後にした。

◇◇◇

翌日の明け方、僕は逃げるようにして彼女の家を離れ、自分の家に帰ってきた。林檎の両親が早く帰ってきて鉢合わせ、なんてことにならないようにである。

自室に入ると荷物を置き、何となく学習机に着く。

昨日はあまり寝られなかったから二度寝をしようかとも思ったのだが、未だ興奮状態にあるのかまるで眠れそうにない。落ち着くまでツインクラーでも見よう。

ツインクラーを開いてびっくり。一晩経つというのに〝シルフイベント〟というワードがトレンド入りしていた。さすがのシルフ人気である。どんな内容が投稿されているのか気になってそのワードをタップ。

すると、僕と関わりのあるアカウントの投稿が優先的に上の方に出てきた。

一番上に出てきたのは花咲さんだ。彼女のアカウントに飛んで見てみる。

ココ【シルフちゃんかわいかったぁ～　いつかいっしょにゾンビゲームしてみたいなぁ、絶対楽しそー(=^・^=)　#シルフイベント】
【だけど最近、シルフちゃんの動画見てる時もゾンビゲームしてる時も、ずっと彼のことばかり考えちゃうんだよね……】
【あ、待って、これ本人も見てるかもなんだ⁉　今の投稿なし！　消したいっ‼消し方分からないよどうしよぉ～～～～～！】

待て待て待て！　事故に事故を重ねているぞ。これでは彼＝好きな人がフォロワーの中にいると言っているようなものじゃないか！　そもそも花咲さんはゾンビゲーム好きであることを隠しているため、リア友でのフォロワーは僕だけのはずだ。

となると、花咲さんは僕のことが好き……？

い、いや、まだ分からない。リア友のフォロワーが他にいないとも限らないし、好きな人がネットの友達という可能性もある。そうだ、不確定なことを信じれば後で傷付くことになるかもしれない。

気を紛らわすため、他のシルフ関連の投稿を見ようと戻ってみる。すると意外にも林檎のアカウントがあった。フォローはしていないが、たくさん閲覧した履歴が残っていてこうして出てきたのかもしれない。


シロウサギ【やっぱりシルフちゃんは最強！　世界を掌握する日も近いわね！　＃シルフイベント】

「シルフを何だと思ってるんだろ……」

ツッコミを入れるだけにして、画面をスクロールしようとする。

しかし、操作ミスで林檎のアイコンをタップ。すぐに戻ろうとするが、気になる投稿が目に留まって僕は固まってしまった。

シロウサギ【送信先間違えちゃったけど、いっぱい話す場面もあってドキドキしたぁ】

「え、そんなはずは……」

送信先を間違えたとは、誤って僕と花咲さんがいるトークルームにメッセージを送ってしまったことを言っていると思う。ならば、いっぱい話す場面もあってドキドキした、とはどういうことだろう。考えられるのは僕か花咲さん。普通に考えれば僕だ。

そんなはずはない！　これではまるで、林檎の好きなR君が僕みたいじゃないか。

ん、待って、R君って……隆盛ってこともあり得るんだ……！

よく考えてみれば本当に嫌いな相手であれば無視するはずだ。それがなぜか僕らは顔を合わせれば喧嘩ばかりしていた。なぜなら林檎が喧嘩を売ってきたからだ。今思えばそれは、僕と話したい思いの裏返しだったのではないだろうか。

いやいやいや、それこそない。あの林檎が……ずっと犬猿の仲だった彼女に限って僕のことが好きだなんてあり得ない。

「でも、林檎の言うR君の正体がもし僕なら……」

昨晩の会話についてもすべてに合点がいく。それに、R君の正体が僕ではないからといって、林檎がアカネである可能性を排除していたが、それも無くなるかもしれない。

「つまり、林檎がアカネである可能性がぐんと高まるんだ……」

アカネは林檎か花咲さんか、これで全く分からなくなった。

このままどっちか分からなければ、アカネに会うこともできない。

「いや……どっちかなんて関係ないんだ」

そうだ、迷う必要なんてない。昨日気が付いたじゃないか。

僕が好きなのはアカネだ。辛い時は励ましてくれ、楽しい時は一緒に笑い合ってくれた。

他の誰でもなくアカネなんだ。なら、アカネが林檎でも花咲さんでもすることは同じだ。

「アカネはアカネ。いつだってここにいる」


その晩、僕は決心を固めてアカネに《大事な話があるんだ》とＤＭ（ダイレクトメッセージ）を送った。

アカネ《どうしたの、改まっちゃって。大事な話って何？》
アカネはいつも通り、すぐにメッセージを返してきてくれた。

このまま普段のように、恋人のふりをする作戦について話したら楽しい時間が過ごせる。

しかし、それが無くなるかもしれない覚悟で、深呼吸をしてからメッセージを送る。

漆（うる）　星（ぼし）《僕はアカネのことが好きだ。偽物のネット彼女だけど、本気で好きになっちゃったんだよ。最初は単なる興味だった。でも、君と話す時間が楽しくて、ドキドキして、いつの間にか君なしの生活なんて考えられなくなったんだ》

アカネ《え、ちょ、ちょっと待って落ち着かせて！》

《突然すぎてよくわからないんだけど！》

《で……でも漆星くんは、現実のわたしが誰か分かってないんだよね？》

漆　星《うん、わからない。だけどアカネ、君は僕の近くにいる女の子だよね？》

アカネ《え、何のこと？》

漆　星《たぶん知っていると思うけど、僕は天野隆盛（あまのりゅうせい）だよ》

《以前君がケーキの写真を投稿した時、スプーンにウォーカー君が映っていた。その時から君が近くにいると知って、それでずっと君を探すような真似（まね）をしてたんだ。結局誰かまでは分からなかったんだけど、ずるい行為だったと思う。ごめん》

アカネの入力中のマークが出たかと思えば止まり、また入力中のマークが出てくる。それを繰り返し、返事は少し間（ま）を置いて返ってきた。

アカネ《今確認したら、ほんとに映ってた。わたしとしたことがやっちゃった》
《でも、わたしの方こそ謝らなきゃ。天野君が言う通り、漆星くんが天野君だって知ってた。最初から知ってて近付いたの。ごめんね》

やはり知っていたのか。でも、もしそうなら、アカネは最初から僕と……天野隆盛と恋人のふりをしてもいいと思っていたことになる。それならば、期待してしまう。

アカネ《けどやっぱり、漆星くんは現実のわたしを知らない》
漆　星《そう、まだ知らない。だからね、アカネ。僕と会ってくれないかな？》
《ネットの君を知って好きになって、君に会いたいと思った》
《だから次は現実の君も好きになりたいと思ったんだ》

アカネとこの二ヶ月半近く続けてきたやり取りが頭に蘇る。僕にとってかけがえのない時間だ。その幸せな時間をくれた君のことをもっと知りたい。もっと好きになりたい。

漆　星《アカネ、偽物でもふりでもなく、僕と付き合ってください》

既読のマークが付いてからしばらく返信が来なかった。
そのまま二十分くらい経ち、まさかこのまま無かったことにして逃げられるのかもと不安になりかけたところで、ようやく返事が来た。

アカネ《あの時も》

あの時も？　あの時とはいったいいつのことだろう。
しかし、すぐにアカネはそのメッセージを消してしまった。

アカネ《ううん、忘れて。それで、えっと、お返事だったね》

また入力中のアイコンが出てきて、何度か書いたり消したりした形跡が見られる。
ああ、緊張で吐きそう。この画面を見ていられない。僕が中学校時代同じ状況でそうしたように、スマホの画面を消して枕に突っ伏そうとした時、ついにメッセージが返ってきた。

アカネ《いいよ》

「よっしゃぁあああああ！」

あの日のようにベッドの上で高く手を上げる。

しかし、今度は以前とは違い、すぐにもう一つメッセージが送られてきた。

アカネ《ただし、現実でわたしのことを見つけられたらね》

へ？　現実でアカネを見つける？　それって今まで僕がしていたように探して欲しいということだろうか。

アカネ《現実のわたしが誰か分かったらいいよ。その、わがままでごめんね。でもわたしは、現実のわたしを知って好きになった上でお付き合いしたいなって》

《だから、現実でわたしを見つけて、同じように告白してくれたら、その時は、あの、よろしくお願いしますっ》

《あ！　ただし、率直にアカネですか？って訊くのは反則！　たとえ訊いてきてもわたしは知らないふりするからね！》

アカネは現実の自分も好きになってほしいと考えている。だから現実でアカネだと思った相手に告白しろと言うのだ。しかし、これにはリスクがある。

アカネ《そうだね。もしかしたら漆星くんはわたし以外の人に告白しちゃうかもね》
《そうしたら、ちゃんと責任取らなきゃだめだからね？》
漆　星《そんなことは絶対にないよ。僕が好きなのはアカネ一人だから》
《ちゃんと見つけてみせる》
アカネ《一方的に変なルール押し付けてごめんね》
《でも漆星くんならきっとわたしを見つけてくれるって信じてるから》
《もう一度わたしのことを好きになってね》

「信じてる、か」

ならばアカネの思いに応えられるようにしなくては。

アカネが林檎と花咲さんのどちらかは分からない。正直振り出しに戻った気分だ。けれど、アカネに信じてると言われると不思議と不安は無かった。

現実のアカネを見つけて、絶対に偽物の恋人から卒業するんだ。

エピローグ

「ふぁ～」

シルフイベントの翌々日の月曜放課後、生徒会室。

花咲さんが生徒会室の給湯スペースで眠そうにお茶の準備をしていた。一昨日(おととい)の疲れがまだ取れていないのかもしれない。

ちょっと危なっかしいので僕は手伝いを申し出ることにした。

「大丈夫、花咲さん？　僕も手伝おうか？」

「はうん、ありがとう、天野(あまの)くん」

急須に茶葉をセットする花咲さんの隣で、僕は湯呑(ゆの)みにお湯を入れ始める。

「まずはいつも湯呑みの方にお湯を入れてるよね」

「ほぇ、天野くん、見てくれてたんだ～」

「見てるだけで手伝わなくてむしろごめんね」

「いいのいいの～、だって好きでやってるんだもん」

パタパタと手を振って微笑(ほほえ)む花咲さん。

「でも花咲さんが淹(い)れてくれるお茶って本当に美味(おい)しいもんね」

「もう、褒めてもお茶しか出ないよ？」

「ありゃ、花咲さんお手製のお菓子が食べられるかなって思ったんだけど残念」

「天野くんはほんとに褒め上手だな。うん、分かった。ちょうどテスト明けで気分転換したかったたし明日作ってくるね」

「やった」

「あ、天野……私も、作ってきてあげようか？」

僕と花咲さんの後ろで、椅子に座った林檎が背もたれに手をかけて振り向きつつ、遠慮気味にそう言った。

林檎が？　僕に？　これはやっぱりR君が僕という可能性も……いや、ないない！

よし、いつも通り！　せめて僕はいつも通りにいくぞ。

「えー、林檎って料理とかできるの？」

林檎は赤面して僕を睨む。

「失礼な言い方ね！　私だってそれくらいできるわよ！　というかこころとの扱いの差が酷くないかしら！」

「林檎の僕の扱いが酷いからだよ！」

するとと林檎はきょとんと目を丸くした。

「……私って、あんたの扱い酷い？」

「自覚無かったんかいっ！」

まさか無自覚で冷たくしていたとは思わなかった。間違いなく今年一番の驚きである。

「そ、そもそも天野が色々な女の子に優しくして不誠実だからでしょ！」

「僕のどこが不誠実なのさ！」

「だって、つい一ヶ月前にはやたらと私に優しくした時があったのに、今度はこころに優しくして。私が攻略できないと思って狙いを変えたのかしら？」

「狙いって……」

そこへ花咲さんが口を挿む。

「林檎ちゃん、天野くんがわたしに対して優しいのはいつもだよ？」

「自慢っ!?」

「え？　え？」

花咲さんはハトが豆鉄砲を食ったかのように戸惑った。

それにしても林檎め、僕を軽薄男のようにみなすとはちょっと心外である。

林檎がアカネなのだとしたらそんなことは言われたくないし、花咲さんがアカネなのだとしたらそんな風には思われたくない。

「林檎は不誠実って言ったけどさ。僕だってこの前ちゃんと言ったじゃん。好きだって」

「へ……」

林檎がぽっと頬を染めて固まった。

「ちょっと天野くんどういうこと!?」

「どういうことって?」

隣にいた花咲さんがぐっと迫ってきた。その表情には驚きと焦りがあるように感じた。

「林檎ちゃんに好きだって言ったの!?」

「え…………違う違う違う!」

そう誤解しちゃった!? いや、でも、自分の発言を振り返ってみると、そう捉えられても不思議はない気がする。

花咲さんの追及はなおも続く。

「じゃあ誰!? 亜衣ちゃん? それとも鳥田先輩?」

「そ、それも違うって! えっと、僕が好きだって言ったのは、本当に好きな人にだよ!」

「え……」

突然花咲さんが目を丸くして固まった。

納得してくれた、のだろうか? よく分からないが、これ以上詮索はされなさそうだ。

「おぉおおおお!」

突然窓辺の鳥田先輩が大きな声を上げた。

僕らの注目に気付いた鳥田先輩が恥ずかしそうに後頭部を掻く。

「あ、いや、ごめん。あまりの急展開に興奮してしまって～」

さらに僕は服の端っこを摘まれて振り向く。

「……せんぱい、ライトノベルの主人公みたいでカッコよかった」

そこに立っていたのは、右手で僕の服を掴み、左手で文庫本を大切そうに抱えた春風さんだった。相変わらず聞き入ってしまうような綺麗なソプラノボイスである。

「ありがとう、春風さん。というか春風さんラノベとかも読むんだね？」

「……ちょっとだけ？」

「なぜ疑問形」

「しかし今の天野会計は本当に男らしかったね」

鳥田先輩はそう言って、制服の胸ポケットから小さなリモコンのような機械を取り出してスイッチを押す。

『僕が好きだって言ったのは、本当に好きな人にだよ！』

機械から先程の僕の言葉が流れた。

「……鳥田先輩、何ですかそれ？」

「ボイスレコーダーだよ。何かに使えるかと思って録音させてもらったんだ」

「使えませんよ、使わないでください！　即刻消去してください！」

ツッコむ僕の横をパタパタと駆け抜け、鳥田先輩の服の袖を掴む春風さん。

「……鳥田(とりた)せんぱい、あとで送って」

「もちろんいいとも春風(はるかぜ)書記！」

春風さんまで僕を弄(いじ)る気なの……⁉

もう生徒会に僕の居場所がないんだけど！

「ちょっと鳥田先輩！　人の声で遊ばないでください！」

「おっと、いいところだけどそろそろ生徒会を始めないとだから準備してもらえるかな」

「誤魔化(ごまか)さないでくださ……って、あれ」

鳥田先輩が皆に呼びかけたので、つい鳥田先輩の視線に釣られて林檎(りんご)と花咲(はなさき)さんに目がいった。

しかし、二人とも一様に顔を真っ赤にして熱心にスマホに何かを入力している。もしかしてツインクラーに何か投稿しているのだろうか。

生徒会の準備をしなくてはならないが、僕は気になってスマホを開いた。

ココ　【わわわっどうしよう！　すごく積極的なこと言われちゃった！】

【リアクションおかしくなかったかな、他の人たちにバレてないかな！】

【だってだって（;゜□゜）他の三人でないとすれば、たぶんこれってわたしのことだもんねっ⁉　うわぁあああ】

シロウサギ【もうほんとなんなの！　いきなりそんなこと言われたら動揺しちゃうじゃない！　バカ！】
【ちょっと前に好きって言われたばかりだし⁉】

どうしてだろう。僕はアカネのことについて言ったつもりだった。だが、どうやら二人とも心当たりがあるようだ。

いや、待って。アカネだけでなく確かに二人に対しても「好き」という言葉だけなら言った気がする。けれどまさかそれを告白みたいに解釈するとは……。

果たしてアカネの正体が分かる日は本当に来るのだろうか。

頭を抱えていると、袖（そで）がくいくいっと引っ張られる感触がして振り向く。

そこには春風さんが立っており、スマホ画面をこちらに向けてきていた。

「……せんぱい、あとでちょっといいですか？」

しかし、僕の目は画面ではなく、ある一点に釘付（くぎづ）けにされた。

スマホに付けられたストラップ。ふてぶてしい顔の猫のぬいぐるみ。

そう、それは——四体目の〝ウォーカー君〟だったのである。

あとがき

前作でペロペロしすぎたせいでしょうか。

本作を書くにあたり、気付けば主人公が女の子をペロペロする展開になっている、ということが何度か起こりました。（もちろん、プロットを無視しているので書き直しましたが）

身体に染みついた習慣とは怖いものですね。

そんなわけで、こんにちは、烏川（からすがわ）さいかです。

さっそくで申し訳ありませんが、ここからは謝辞を。

アイディア出しからお付き合いいただいた担当編集様、お忙しい時でも丁寧に原稿を見てくださりありがとうございました！　またクマさん食べに行きましょう。

イラストのシロガネヒナ様、またご一緒にお仕事ができて光栄です！　そして今作でも可愛（かわい）いイラストをありがとうございました！　とくに銀髪少女、春風亜衣（はるかぜあい）ちゃんのデザインを受け取った時には、可愛さのあまり叫んでおりました。

その他、この本を刊行するにあたり尽力してくださった皆様、心より感謝申し上げます。

そして、この本を手に取ってくださった皆様、本当にありがとうございます！

これからもどうか、烏川さいかをよろしくお願いします。

MF文庫J

ネット彼女だけど本気で好きになっちゃダメですか?

2018年11月25日　初版第一刷発行

著者　烏川さいか
発行者　三坂泰二
発行　株式会社 KADOKAWA
〒102-8177 東京都千代田区富士見2-13-3
0570-002-001（ナビダイヤル）

印刷・製本　株式会社廣済堂

©Saika Karasugawa 2018
Printed in Japan　ISBN 978-4-04-065293-1 C0193

◎本書の無断複製（コピー、スキャン、デジタル化等）並びに無断複製物の譲渡および配信は、著作権法上での例外を除き禁じられています。また、本書を代行業者などの第三者に依頼して複製する行為は、たとえ個人や家庭内での利用であっても一切認められておりません。
◎定価はカバーに表示してあります。
◎メディアファクトリー　カスタマーサポート
[電話]0570—002—001（土日祝日を除く10時～18時）
[WEB]https://www.kadokawa.co.jp/（「お問い合わせ」へお進みください）
※製造不良品につきましては上記窓口にて承ります。
※記述・収録内容を超えるご質問にはお答えできない場合があります。
※サポートは日本国内に限らせていただきます。

【 ファンレター、作品のご感想をお待ちしています 】
〒102-0071 東京都千代田区富士見2-13-12
株式会社KADOKAWA　MF文庫J編集部気付「烏川さいか先生」係　「シロガネヒナ先生」係

読者アンケートにご協力ください!

アンケートにご回答いただいた方から毎月抽選で10名様に「オリジナルQUOカード1000円分」をプレゼント!! さらにご回答者全員に、QUOカードに使用している画像の無料壁紙をプレゼントいたします!

■ 二次元コードまたはURLよりアクセスし、本書専用のパスワードを入力してご回答ください。

http://kdq.jp/mfj/　パスワード　yrvsi

●当選者の発表は商品の発送をもって代えさせていただきます。●アンケートプレゼントにご応募いただける期間は、対象商品の初版第一刷発行日より12ヶ月間です。●アンケートプレゼントは、都合により予告なく中止または内容が変更されることがあります。●サイトにアクセスする際や、登録・メール送信時にかかる通信費はお客様のご負担になります。●一部対応していない機種があります。●中学生以下の方は、保護者の方の了承を得てから回答してください。